Alexander Rieckhoff, Stefan Ummenhofer
Schwarzwaldrätsel

PIPER

Zu diesem Buch

An seinem 75. Geburtstag droht der Schwarzwälder Mühlenbesitzer Kurt Weisser seinen Kindern mit Enterbung.
Sie hätten die Eltern im Stich gelassen, um ein oberfläch-
liches Leben in der Großstadt zu führen. Mit einem Rät-
sel·gibt er ihnen eine letzte Chance, doch noch an das
Erbe zu kommen. Am gleichen Abend wird Weisser in
seiner Geburtstagstorte erstickt. Hat sich eines seiner
Kinder an ihm gerächt? Oder hat die Tat mit einem
Immobiliengeschäft zu tun, in das Weisser verstrickt
war? Der Lehrer Hubertus Hummel und der Journalist
Klaus Riesle verfolgen die Spur quer durch den Schwarzwald, vom Vogtsbauernhof über die Triberger Wasserfälle bis zur Schwenninger Südwest Messe. Erschwert
wird die Jagd durch Hummels kleinen Enkel sowie einen
Hagelsturm mit Folgen. Und dann gibt es plötzlich noch
einen Toten aus dem Kreis der Weisser-Familie...

Alexander Rieckhoff, geboren 1969 und aufgewachsen
in Villingen, hat Geschichte und Politikwissenschaft in
Konstanz und Rom studiert und arbeitet derzeit als Fern-
sehredakteur beim ZDF. Er lebt mit seiner Familie in der
Nähe von Mainz.
Stefan Ummenhofer, ebenfalls Jahrgang 1969, ist in Villingen und Schwenningen aufgewachsen und hat Politikwissenschaft und Geschichte in Freiburg, Wien und Bonn
studiert. Er ist als Journalist für Zeitungen sowie die dpa
tätig und lebt mit seiner Familie bei Freiburg.
    Gemeinsam schreiben sie erfolgreiche Schwarzwald-
Krimis um den Lehrer und Hobbyermittler Hubertus
Hummel, zuletzt »Schwarzwaldstrand«.

Alexander Rieckhoff
Stefan Ummenhofer

Schwarzwaldrätsel

Ein Fall für Hubertus Hummel

Piper München Zürich

Mehr über unsere Autoren und Bücher:
www.piper.de

Von Alexander Rieckhoff und Stefan Ummenhofer liegen bei Piper vor:
Strafzeit
Stille Nacht
Morgengrauen
Narrentreiben
Schwarzwaldrätsel
Ringfahndung
Honigsüßer Tod
Giftpilz
Höhenschwindel
Schwarzwaldstrand

MIX
Papier aus verantwortungsvollen Quellen
FSC® C014496

Vollständig überarbeitete und erweiterte Taschenbuchausgabe
Februar 2014
© 2014 Piper Verlag GmbH, München
Erstausgabe: Romäus Verlag, Villingen-Schwenningen 2004
Umschlaggestaltung und -illustration: bürosüd°, München
Umschlagabbildung: Getty Images
Satz: Kösel, Krugzell
Gesetzt aus der Sabon
Papier: Munken Print von Arctic Paper Munkedals AB, Schweden
Druck und Bindung: GGP Media GmbH, Pößneck
Printed in Germany   ISBN 978-3-492-30052-0

INHALT

1. Nachts, wenn alles schläft   7
2. Beschwichtigungskurs   11
3. Der mit dem Baum spricht   15
4. Ein ganz besonderer Geburtstag   19
5. Abrechnung   30
6. Schwarzwälder Kirsch   37
7. Störenfried   43
8. Riesles Bude   53
9. Ein Reim für die Weissers   59
10. Vogtsbauernhof   73
11. Bahnhof Schwenningen   83
12. Uhrenspur   85
13. Müllers Besuch   93
14. Immobil   101
15. Am Tag, als der Hagel kam   107
16. Plünderer!   120
17. Die Hummel-Story   131
18. Im Uhrenmuseum   134
19. Schwarzwaldtour   146
20. Der schönste Tag   158
21. Brautentführung   173
22. Südwest Messe   177
23. Luigi   185
24. Vierunddreißig Grad   188

1. NACHTS, WENN ALLES SCHLÄFT

Hubertus Hummel wurde allmählich ratlos.

»Buäääääh!«

»Maxi«, flüsterte er sanft.

Kurze Pause.

»Buäääh!«

»Maxi, bitte!«, sagte Hummel jetzt etwas lauter und nahm seinen Enkel aus der Wiege. Behutsam schaukelte er den Kleinen im Arm. Das schien ihm gutzutun.

Dann strich er ihm über den Kopf, streichelte über die winzige Hand und den kleinen blauen Strampelanzug, den ein Braunbär zierte.

Hubertus Hummel, Lehrer für Deutsch und Gemeinschaftskunde am Villinger Romäusring-Gymnasium, schaute auf die Uhr über der braunen Holzkommode. Es war schon fast Mitternacht.

»Buääääh!«

Seit zwei Stunden ging das nun schon so. Mindestens.

Hummel seufzte und wiegte das Kind noch etwas schneller. Er liebte seinen Enkel über alles – nur die Tatsache, dass er unablässig schrie, beeinträchtigte bisweilen seine Begeisterung ein klein wenig.

Vier Monate war Maximilian nun alt und so süß, dass Hummel kaum Worte dafür fand. Oder besser gesagt: Er fand sehr wohl Worte dafür.

Viele sogar. Und häufig.

Besonders Hummels bester Freund Klaus Riesle litt

erheblich darunter. Es verging kaum ein Tag, an dem Hummel ihm nicht die Attraktivität seines Enkels und jede seiner Bewegungen in den schillerndsten Farben und in erschöpfender Ausführlichkeit schilderte.

»Die Füßchen, Klaus, die Füßchen – die sind so niedlich. Hast du dir die schon mal genauer angeschaut? Und die Nase – die muss er von Martina haben. Und Martina hat ihre ja von Elke.«

Klaus Riesle, Lokaljournalist, kinderlos und mittlerweile wieder Single, war an der Physiognomie des Hummel-Enkels nur mäßig interessiert. Er hatte in den ersten Wochen noch mildes Verständnis für die Begeisterung seines Freundes aufgebracht. Doch da er sich fast täglich die neuesten Fotos anschauen musste und über die Nuckel- und Spuckgewohnheiten des Nachwuchses besser Bescheid wusste, als er es sich je gewünscht hatte, war er nun dazu übergegangen, etwas weniger oft bei Hummels anzurufen und in der Villinger Südstadt vorbeizuschauen.

»Er sieht halt aus wie jedes Baby, Hubertus«, hatte er kürzlich gesagt. Seitdem war das Verhältnis zwischen Klaus und Hubertus ein wenig abgekühlt.

»Wie jedes Baby«, flüsterte Hummel seinem Enkel empört ins Ohr. »Du bist wirklich viel mehr als irgendein Baby. Du bist das schönste Kind im ganzen Schwarzwald.«

Maximilian stimmte ihm brüllend zu.

Hummel war für die Kinderaufsicht eingeteilt worden, weil Martina schlicht und ergreifend nicht mehr konnte. Wegen des ständigen Brüllens und Stillens schlief sie nachts höchstens drei Stunden. Außerdem war sie mit den Hochzeitsvorbereitungen beschäftigt:

In ein paar Tagen sollte es so weit sein. Bei dieser Gelegenheit stand auch noch die Taufe von Maximilian im Villinger Münster an. Und da ihr baldiger Ehemann Didi Bäuerle tagsüber arbeitete und abends als Handwerker für den kindgerechten Ausbau der Hausmeisterwohnung werkelte, hatte Martina ihre Eltern um Hilfe gebeten.

Dabei war es eigentlich umgekehrt gewesen. Hubertus hatte ihr nahegelegt, ein paar Wochen bei ihm und Elke einzuziehen. Er wollte näher bei seinem Enkel sein, auch wenn er das so natürlich nie zugegeben hätte.

Dass es derart anstrengend würde, hatte er allerdings nicht geahnt. Er wurde immer unruhiger. Wenn das so weitergeht, dachte er sich, werde ich morgen in der ersten Stunde ein Wrack sein.

Gegen Schuljahresende wusste er seinen Stundenplan zum Glück endlich auswendig: Mit der 11b galt es, zu Beginn des Tages »Effi Briest« zu besprechen. Das würde er wahrscheinlich auch in einem derart derangierten Zustand schaffen.

»Buäääh!«

»La-Le-Lu …«, stimmte Hubertus einen Schlafliedklassiker an. Während er den schreienden Maximilian weiter im Arm wiegte, schaute er abermals auf die Uhr. Diesmal war es das Funkradio in der Küche, denn dort war er auf seinem Beschwichtigungskurs gelandet. Er machte sich schon den dritten doppelten Espresso.

Halt durch!, sagte er sich.

Fünf nach zwölf. In etwa einer halben Stunde durfte er die im Obergeschoss schlafende Martina wecken. Dann war die nächste Milchration für Maximilian fällig.

»Maxiii!«, flehte Hubertus. »Bitte! Hör doch auf!«

Seine Frau Elke, die vergangene Nacht mit der Betreuung des Enkels an der Reihe gewesen war, momentan aber einen zweitägigen Meditationskurs mit dem Titel »Auf der Reise mit den Delfinen« besuchte, war bei der Betreuung des Kleinen erfolgreicher gewesen.

Er seufzte, setzte sich mit dem Enkel in den braunen Ledersessel im Wohnzimmer und sinnierte darüber, wo ran es wohl liegen könnte, dass Maximilian so unruhig war.

Anfangs waren sie davon ausgegangen, dass er Hunger hatte, was in Anbetracht des Großvaters keine allzu gewagte These schien. Doch weder häufigeres Stillen noch das Zufüttern von Babynahrung hatten zu einer Beruhigung geführt. Auch die Besuche in schulmedizinischen und anthroposophischen Kliniken, bei Heilpraktikern und Osteopathen waren bislang nicht von größeren Erfolgen gekrönt gewesen.

Maximilian schrie immer weiter – auch jetzt, um zwanzig nach zwölf. Hubertus schlich mit ihm kurzerhand die Treppe hinauf und weckte Martina. Sollte sie das Stillen eben ein paar Minuten vorverlegen …

2. BESCHWICHTIGUNGSKURS

Immer wieder kippte Hubertus' Kopf nach vorne. Die Augenlider fielen ihm zu. Der Kampf gegen den Schlaf wurde immer aussichtsloser. Er starrte auf die Uhr: Inzwischen war es zehn vor vier. Zwischenzeitlich hatte Maximilian zwar eine halbe Stunde Ruhe gegeben, doch jetzt war er wieder in Hochform.

Nervös strich sich Hubertus über den weinroten Pyjama mit den schwarzen Punkten, der ziemlich am Bauch spannte. Kein Wunder, den hatte er zum dritten Hochzeitstag bekommen. Fast zwanzig Jahre war das her. Damals war Martina nur wenig älter gewesen als Maxi jetzt.

Hubertus verfiel in sentimentale Erinnerungen. Gerührt betrachtete er seinen Enkel. Fast schien es ihm, als würde Maximilian mit ihm in der Vergangenheit schwelgen, so ruhig war er plötzlich.

Jung waren Elke und er damals gewesen, beide hatten sie in Freiburg ihr Referendariat gemacht. Und obwohl sie nur wenig Geld gehabt hatten, war es eine herrliche Zeit gewesen. Komisch – daran, dass Martina auch geschrien hatte, konnte er sich gar nicht mehr erinnern.

Auf jeden Fall sah Maxi genauso aus wie Martina damals.

Und in einer Woche würde seine kleine Martina den Bund fürs Leben eingehen. Obwohl Hubertus seinen künftigen Schwiegersohn Didi schon lange kannte und eigentlich auch mochte, eine große finanzielle Perspektive konnte er Martina nicht bieten. Hummel seufzte, dabei hatte er sich damit eigentlich schon abgefunden.

Hauptsache, die beiden blieben mit Maxi auch die nächsten Jahre hier in der Gegend.

Dem Enkel schien diese Dosis an Sentimentalität zu genügen – er begann wieder zu schreien. Hummel hatte Mitleid mit ihm. Es war sicher nicht einfach, so plötzlich in diese brutale Welt hineingeboren zu werden …

Jetzt denke ich schon wie Elke, unterbrach er seine Grübeleien. Und zehn Minuten später war das Mitleid für den Enkel in Selbstmitleid übergegangen. Verzweifelt suchte er nach einem Ausweg. Ein Kollege von Klaus fiel ihm ein, Bernd Bieralf, der seine drei Kinder mit dem Auto durch die Gegend kutschiert hatte, wenn sie nicht einschlafen wollten.

Das Auto steht in der Garage, dachte Hummel. Dummerweise nützt mir das ohne Führerschein gar nichts.

An Fasnacht hatte er seine Fahrerlaubnis wegen Alkohols am Steuer für acht Monate abgeben müssen. Den genauen Tag hatte er sich ohne Weiteres merken können – er war nämlich gerade auf dem Weg ins Krankenhaus gewesen, wo Maxi wenig später zur Welt gekommen war.

In vier Monaten würde er den Führerschein also wieder zurückhaben – aber vier Monate zu warten war im Moment keine gute Option.

Hummel wurde immer nervöser und gereizter.

»Maxi«, flüsterte er beschwörend in Richtung des weinenden Enkels, murmelte es, sprach es, rief es, brüllte es schließlich fast. Zehn Schreiminuten später stand sein Entschluss fest.

12

Um zehn nach vier war kein Mensch in der Südstadt unterwegs – geschweige denn ein Polizist. Er legte Maxi behutsam in die Sitzschale, zog ihm eine winzige, blaue Strickjacke und ein grün-weiß gestreiftes Mützchen an. Dann trug er seinen Enkel zum Astra Caravan und schnallte ihn an. Das Garagentor quietschte, als er es wieder schloss.

Mangels Übung fuhr Hummel ziemlich ruckartig an. Autofahren verlernt man nicht, dachte er sich, als er durch die Südstadt kurvte. Einmal, zweimal, dreimal, immer im Kreis herum.

Maximilian war nun ruhig. Er schlief noch nicht, aber es schien ihm zu gefallen. Und das war das Einzige, was für den erschöpften Hubertus zählte: Hauptsache, er brüllte nicht mehr.

Nach der sechsten Runde ums Karree wurde es Hummel allmählich langweilig, und er hatte trotz des Kaffeekonsums arge Mühe, sich wach zu halten.

Was soll's, dachte er schlaftrunken und beschloss, die Runde zu verlängern. Am besten würde er ein längeres Stück geradeaus fahren, da das gleichmäßige Geräusch des Motors den kleinen Maximilian zum Einschlafen bringen würde.

An der Neuen Tonhalle ging es vorbei auf die Umgehungsstraße in Richtung Bad Dürrheim. Als er die Abzweigung nach Marbach passierte, bemerkte er beim Blick in den Rückspiegel zweierlei. Erstens: Maximilian schien endlich eingeschlafen zu sein. Zweitens: Das näher kommende Fahrzeug hinter ihm war ein Polizeiwagen. Und das war so ziemlich das Letzte, was Hummel in diesem Moment sehen wollte.

Er achtete exakt darauf, die vorgeschriebene Ge-

13

schwindigkeit einzuhalten, doch vergebens: Der Polizeiwagen wurde schneller, fuhr nun mit Blaulicht, setzte zu
einem Überholmanöver an, scherte kurz vor Hummels
Auto wieder ein und ... fuhr weiter.

Hummel atmete erleichtert auf.

Mit einem äußerst flauen Gefühl im Magen bog er
links nach Bad Dürrheim ab, wendete und fuhr die
acht Kilometer zurück nach Hause. Maximilian schlief
immer noch – und das wollte nun auch Hummel endlich
tun.

Er stellte den Opel vor der geschlossenen Garage ab,
weil er den Lärm fürchtete, den das Tor beim Öffnen
verursachte. Vorsichtig trug er die Sitzschale mit dem
schlafenden Enkel über die Schwelle, sanft stellte er sie
an der Treppe zum Obergeschoss ab.

Im selben Moment ging es wieder los – Maximilians
Geschrei!

3. DER MIT DEM BAUM SPRICHT

Zwei Stunden, überschlug Hummel grob. Zwei Stunden hatte er insgesamt in der vergangenen Nacht geschlafen. Missmutig rührte er in seinem Kaffee, während Maximilian im Hintergrund schon wieder schrie. Immerhin – es war kurz nach sieben, also war nicht er dran, sondern Martina.

Heute hatte die Aussicht auf einen Morgen in der Schule für Hubertus etwas Verlockendes: Die Schüler schrien nicht. Zumindest nicht in dieser Frequenz.

Ich muss noch etwas an die frische Luft, dachte er, öffnete die Terrassentür und ging die Steintreppe hinunter auf den Rasen, der längst mal wieder gemäht gehörte. Auf dem schmiedeeisernen Tisch im hinteren Teil des Gartens hatten sich Tautropfen gesammelt. Einige Vögel zwitscherten, und es versprach ein wirklich schöner Frühsommermorgen zu werden.

Die frische Schwarzwaldluft tat gut. Er beschloss, wieder etwas nach vorne zu schauen, positiv zu denken. Er musste abends mal wieder weggehen, mal wieder in seine Stammkneipe Bistro. Und an einem der nächsten Nachmittage würde er wie jedes Jahr die Südwest Messe besuchen.

Diesmal würde es sich besonders zu lohnen: Zum einen wollte er erstmals seinen Enkel mitnehmen und mit ihm in die Sonderschau »Familien in Aktion!« gehen – bei seinem derzeitigen Status als frischgebackener Groß-

15

vater ein Muss. Andererseits nahm sich Hummel vor, auch die Hallen X, Y und Z auf dem Schwenninger Messegelände zu durchstöbern.

Dort stellte die Abteilung »Bauen und Renovieren« aus. Vielleicht schaffte er es ja, seinem baldigen Schwiegersohn beim Umbau der Wohnung etwas zur Hand zu gehen und seine Scheu vor Handwerkszeug aller Art zu überwinden. Seinem Enkel zuliebe würde er das tun. Vorausgesetzt, er fände einen Fahrer ...

In das Vogelgezwitscher und das allmählich leiser werdende Schreien seines Enkels mischte sich ein anderes Geräusch – ein Gemurmel. Als Hubertus in den angrenzenden Garten schaute, wusste er, woher es rührte. Die Pergel-Bülows, seine neuen Nachbarn, die vor gut einem Monat eingezogen waren, inspizierten ebenfalls ihr Grundstück.

Sie hieß Pergel, er hingegen trug einen Doppelnamen, was in Hubertus' Augen einer Kastration gleichkam. Es war ihm völlig schleierhaft, wie man als Mann seinen Nachnamen zugunsten einer so unhandlichen Konstruktion aufgeben konnte.

Klaus-Dieter Pergel-Bülow, Oberstudienrat für Deutsch und Geschichte, hatte fast die gleiche Fächerkombination wie Hubertus und war wie er am Romäusring-Gymnasium tätig.

Nicht, dass die Pergel-Bülows so richtig unsympathisch gewesen wären. Selbst Hubertus musste zugeben, dass sie sich immer freundlich und zuvorkommend gaben. Meist sogar etwas zu freundlich, etwas zu zuvorkommend, und für seinen Geschmack mischten sie sich etwas zu sehr in die Belange ihrer Nachbarn ein.

»Ganzheitlich denken« nannte das Regine Pergel, natürlich ebenfalls Lehrerin. Sie unterrichtete Gemeinschaftskunde, leitete die Theater-AG, die Umwelt-AG, die Spanisch-AG und mindestens fünfzig weitere Arbeitsgemeinschaften am »Romäus«.

Zwar hatte auch Hummel einige Eigenarten, die man gemeinhin Lehrern zuschreibt. Er hatte aber den Vorteil, dass Martina und Elke es ihn wissen ließen, wenn mal wieder der Oberstudienrat mit ihm durchging und er ihre Satzstellung verbesserte, Lokalgeschichte abfragte und ihnen dann Zensuren erteilte. Das Überengagement hingegen überließ er seiner Frau, die ihre Mitmenschen stets mit neuen politischen, ökosozialen und spirituellen Errungenschaften beglückte.

Kein Wunder, dass Elke sofort Feuer und Flamme gewesen war, als sich die neuen Nachbarn mit Tofubällchen und fair gehandeltem Kaffee bei ihnen vorgestellt hatten.

Mit Tofubällchen!

»Guten Morgen, Hubertus«, säuselte die Nachbarin, die gerade mit ihrem Mann Hand in Hand vor einer stattlichen Buche stand. »Schreit der kleine Maximilian immer noch so viel?«

Hubertus nickte stumm und schaute verwundert die Pergel-Bülows an. Was machten sie morgens im Garten vor der Buche?

»Du warst heute Nacht mit ihm unterwegs, oder?«, fiel ihr Mann ein. »Wir haben gehört, wie du das Garagentor zugeschlagen hast.«

War das ein Vorwurf?

»Aber das macht gar nichts«, fuhr Pergel-Bülow fort. »Wir alle wollen mit daran arbeiten, dass es

Maximilian bald besser geht. Das ist das Wichtigste!«

Hubertus schwieg.

»Nur: Mit dem Auto, das ist doch nicht gesund für den Kleinen, oder? Die vielen Abgase!«

»Du kannst immer bei uns klingeln, Hubertus, wenn ihr mal Hilfe braucht«, versicherte Frau Pergel. »Auch nachts. Gerade jetzt vor der Hochzeit eurer Tochter braucht ihr Entlastung.«

Woher wussten die das schon wieder? Hummel nickte und überlegte, ob er dieses Angebot rein aus Gehässigkeit bald einmal annehmen sollte.

Dann blickte er wieder zur Buche und fragte sich, ob das Gemurmel, das er vorhin gehört hatte, Teil eines Tagtraums gewesen war.

»Wir reden immer mit unseren Pflanzen und Bäumen, ehe wir morgens zur Schule gehen«, erklärte die Nachbarin, die Hubertus' fragenden Gesichtsausdruck richtig gedeutet hatte. »Das ist wichtig – für sie und für uns. Wir merken, wie gut es ihnen tut, wie schön sie gedeihen.«

Ihr Mann nickte. »Das solltest du auch mal versuchen, Hubertus.«

Hummel blieb eine Antwort schuldig und nickte gequält.

Er zögerte kurz und sagte dann: »Ich bin ohnehin sehr betroffen, weil mein Kopfsalat schon seit Tagen nicht mehr mit mir spricht.«

Zu spät, die Pergel-Bülows waren im Haus verschwunden.

4. EIN GANZ BESONDERER GEBURTSTAG

»So eine Schnapsidee«, schnaubte Klaus Riesle, während er kräftig in die Pedale trat. »Mit dem Fahrrad nach Stockburg – wie konnte ich nur.« Er blickte auf die Armbanduhr: fünf Minuten nach zehn.

Eigentlich hätte er jetzt schon in dem kleinen Schwarzwaldweiler sein müssen.

»Und das für einen 75. Geburtstag!«, schimpfte er weiter und rieb sich über die nass geschwitzte Stirn. Der harzige Duft der Schwarzwaldfichten stieg ihm in die Nase.

»Als gäbe es nichts anderes zu berichten!«

Riesle beschleunigte etwas. Kurz nach dem Steinbruch überquerte er den Bahnübergang und sah endlich das Ortsschild »Stockburg – Stadt St. Georgen«. Vor ihm lagen satte, mit Raureif überzogene Wiesen, ein paar verstreute Schwarzwaldhäuschen, links und rechts des Groppertals dichter Fichtenwald. Eigentlich ein schöner Anblick, dachte er. Wäre nur dieser blöde Lokaltermin nicht gewesen.

Dabei gehörte Stockburg nicht einmal zu seinem eigentlichen Berichtsgebiet.

Normalerweise arbeitete Klaus in der Lokalredaktion Villingen des Schwarzwälder Kuriers. Sein Chef hatte ihn jedoch als Urlaubsvertretung für ein paar Wochen in die Redaktion St. Georgen geschickt. Ausgerechnet ihn, der nach seiner Alkoholfahrt an Fasnacht noch

19

immer ohne Führerschein war – genau wie sein Freund Hubertus.

Deshalb nahm er nun üblicherweise den Neun-Uhr-Zug von Villingen nach St. Georgen. Sein Fahrrad hatte er immer dabei. Riesle musste jeden Tag aufs Neue erfahren, warum der 15 000-Einwohner-Ort die »Bergstadt« genannt wurde. Auf mindestens tausend Höhenmeter schätzte er das Pensum, das er täglich abzustrampeln hatte.

Heute würde er die siebzehn Kilometer nach St. Georgen komplett mit dem Fahrrad zurücklegen, weil der 75. Geburtstag auf dem Weg lag. Und im Groppertal, wo der Jubilar wohnte, hielt die Schwarzwaldbahn schon lange nicht mehr.

Bei seinem Chef hatte Riesle derzeit keinen guten Stand. Und das nur, weil er mit einem Tag Verspätung von seinem Indienurlaub zurückgekehrt war. Noch immer ärgerte er sich: über die Indian Airlines, die den Flug kurzerhand um vierundzwanzig Stunden verschoben hatten. Über das indische Essen, das ihm jetzt noch gelegentlich Verdauungsschwierigkeiten bereitete.

Und über Elke. Die war eigentlich an allem schuld.

Sie hatte ihn nämlich zu diesem Indientrip überredet.

»Du musst zu dir selbst finden, Klaus«, hatte sie ihm nach der Trennung von Kerstin gesagt.

Gefunden hatte er in Indien aber nur die Erkenntnis, dass Urlaube außerhalb von Ferienclubs nicht sein Ding waren. Außerdem wäre er fast von einem Sammeltaxi überfahren worden. Über Kerstin war er kein bisschen hinweg.

Und schließlich hatte er die leidvolle Erfahrung gemacht, dass sein Magen-Darm-Trakt nur keimarmes Essen vertrug.

»Selbstfindung«, schimpfte er leise vor sich hin. Sein Selbst hätte er noch eher in einem einsamen, idyllischen Schwarzwaldtal wie diesem finden können. Irgendwo, wo die echte Zivilisation nicht mehrere Flugstunden entfernt war ...

Endlich lag die Weisser-Mühle mit dem großen Getreidesilo und dem für Schwarzwaldhäuser so typischen, tief heruntergezogenen Satteldach vor ihm. Ein mit Schnitzereien verzierter Holzbrunnen gluckerte leise vor sich hin und wetteiferte mit dem Plätschern der alten Mühle, deren Radschaufeln vom kalten Brigach-Wasser angeschoben wurden. Ein paar Hühner gackerten und pickten auf den sonnenüberfluteten Pflastersteinen he rum.

Vor dem Eingang standen mehrere Autos. Nur eines mit dem einheimischen Kennzeichen VS, die anderen, teureren Wagen kamen aus Hamburg und Köln.

Touristen, vermutete Riesle und stellte das Fahrrad ab. Dann überlegte er, wie er sich Kühlung verschaffen könnte. So verschwitzt wollte er dem Jubilar und dem sicher auch anwesenden Bürgermeister kaum gegenübertreten. Letzterer hatte Riesle erst dazu genötigt, über den Termin zu berichten.

»Aaah«, stöhnte Riesle, während er den erhitzten Schädel unter den Wasserstrahl des Brunnens hielt. Erst als das eisige Quellwasser einen schmerzenden Stich auf seinem Hinterkopf erzeugte, zog er ihn zurück. Er schüttelte den Kopf, zog ein Taschentuch heraus und trocknete seine dunklen, kurz geschnittenen Haare. Jetzt fühlte er sich frisch. Für einen Moment kam er sich vor wie ein Schwarzwaldbauer vor hundert Jahren bei der Morgentoilette.

Toilette war ein gutes Stichwort. Die musste er gleich mal aufsuchen. Er fühlte ein Grummeln in der unteren Bauchgegend. Und das, obwohl er sich heute Morgen mit Zwieback und Kamillentee begnügt hatte. Die indische Küche hatte eine lang anhaltende Wirkung.

Riesle schnappte sich die Fototasche vom Gepäckträger und nahm die wenigen Stufen, die zur Haustür führten. Eine Türklingel gab es nicht. Die Haustür stand weit offen. Hier schien die Welt noch in Ordnung, hier vertraute man einander. Riesle überlegte, wie hoch wohl die Verbrechensquote in abgelegenen Schwarzwaldtälern lag. Vermutlich tendierte sie gegen null.

Als er über die Türschwelle trat, musste er den Kopf einziehen. Selbst mit nur einem Meter einundsiebzig Körpergröße war Riesle für ein dreihundert Jahre altes Schwarzwaldhaus zu groß.

Er betrat einen langen, dunklen Gang, der tief ins Innere führte.

»Hallo?«, rief er zaghaft und tastete sich langsam über den Steinboden vor. Links und rechts war der Gang von kleinen, verschlossenen Holztüren gesäumt.

»Hallo? Herr Weisser?«, setzte Riesle nach.

Keine Antwort.

»Hallo? Ist da jemand?«

Eine der Türen wurde quietschend geöffnet, ein aschfahler, kahler Schädel herausgestreckt.

»Jo? Wa isch?«, kam es aus dem schmallippigen, grimmig verzogenen Mund.

»Herr Weisser?«

»Jo, wer au sonsch?«, bellte der Alte zurück.

»Riesle vom Schwarzwälder Kurier. Ich komme wegen Ihres Geburtstags. Alles Gute!«, sagte er in einem betont freundlichen Singsang und nestelte an seiner Fototasche herum.

Der Alte schien unbeeindruckt. Er schwieg eine Weile und sagte schließlich: »Vu de Zeitung? Do isch d'Tür.«

Er wies mit einer Hand in Richtung Ausgang. »Mir hän hier nix zu feiere und scho gar nix zu berichte.«

Na toll, dachte Riesle. Für diesen reizenden Menschen hatte er sich bis nach Stockburg geschwitzt. Um ein Gespräch betteln würde er aber nicht. Wortlos drehte er sich um und machte Anstalten zu gehen.

»Hallo, Moment mal!«, kam es aus dem Hintergrund.

Den tiefen Bass erkannte Riesle sofort – von beinahe täglichen Telefonaten und von Gemeinderatssitzungen. Es war der Bürgermeister der Bergstadt.

»Ah, Herr Riesle. Schön, dass Sie doch noch den Weg nach Stockburg gefunden haben«, sagte der und klopfte dem Alten kräftig auf die Schulter. »Herr Weisser, das haben wir doch gerade eben besprochen. Herr Riesle macht ein paar Fotos und stellt Ihnen einige Fragen. Schließlich gehören Sie nach wie vor zu den bekanntesten Einwohnern bei uns hier am Scheitel Alemanniens.«

Der Alte schien zu überlegen. Für einen Augenblick musterte er den Bürgermeister und dann Riesle, dem schon wieder Schweißperlen über die Stirn liefen. Dann winkte er ihn schweigend herein.

Die Holzdielen knarzten, als Riesle die Wohnstube betrat. Der alte Weisser zeigte auf einen Platz am grünen

Kachelofen. Riesle legte die Kamera auf der Holzbank ab, blickte auf den Tisch, wo eine Schwarzwälder Kirschtorte und Kaffeegeschirr standen, und begrüßte mit einem Kopfnicken drei weitere Personen, die schweigend um den Esstisch herumsaßen: zwei Männer und eine Frau mittleren Alters. Der Bürgermeister setzte sich neben Riesle und zwinkerte ihm zu.

Es war eine typische Schwarzwälder Wohnstube. Mächtige, dunkle Balken durchzogen das Gemäuer. Von der tief herunterhängenden Holzdecke baumelte eine staubbesetzte Schirmlampe herunter. Sie beleuchtete den rustikalen Esstisch, denn obwohl draußen die Sonne schien, ließen die kleinen Fenster nur wenig Licht in die Wohnstube. Eine Standuhr tickte laut. Außerdem hingen gleich drei Kuckucksuhren in der Stube. Weisser schien ein großer Uhrenfreund zu sein.

Die Geburtstagsgäste stierten auf ihre Teller. Nur der Bürgermeister versuchte, die Stille zu durchbrechen. »Das sind übrigens die Kinder von Herrn Weisser«, erklärte er Riesle. »Die sind extra aus Hamburg, Berlin und Köln angereist, um ihrem Vater zum 75. Geburtstag zu gratulieren.«

»Aha«, machte Riesle. Es folgte wieder ein lang anhaltendes Schweigen. Verlegen schaute sich der Bürgermeister um. Doch auch der Alte schien seinen Blicken auszuweichen.

»Vielleicht ein Stück Schwarzwälder Kirschtorte, Herr Riesle?«, mimte der Bürgermeister den Gastgeber. »Die hat die Nachbarin von Herrn Weisser gebacken. Schmeckt ausgezeichnet.«

»Äh … nein danke«, antwortete Riesle mit Rücksicht auf seinen malträtierten Magen-Darm-Trakt.

» Lassen Sie uns doch erst mal das Foto machen, Herr Riesle«, schlug der Bürgermeister vor.

Weil er unbedingt mit aufs Bild will, dachte Riesle.

» Gute Idee«, sagte er und packte seine Kamera aus. Der Bürgermeister forderte die Geburtstagsgäste auf, sich von ihren Stühlen zu erheben.

» Am besten bauen Sie sich vor Ihrem Urgroßvater auf.« Der Bürgermeister zeigte auf die Wand neben dem Kachelofen. Dort hing ein Gemälde, auf dem ein alter, pfeiferauchender Mann abgebildet war. Den Hintergrund bildete die Wohnstube, in der sie jetzt saßen, der Kachelofen schien immer noch derselbe zu sein. Der Alte trug eine bestickte Weste sowie eine schwarze Kappe mit einer Kordel, die ihm vor der Stirn herunterhing.

Wortlos folgte die Familie der Aufforderung.

Eine merkwürdige Sippe, dachte Riesle und nahm auf der gegenüberliegenden Seite Aufstellung. Er dirigierte noch etwas herum, damit auch der Urgroßvater mit aufs Foto kam.

Nur der Bürgermeister bemühte sich um eine freundliche Miene. Sonst lächelte niemand, nicht einmal der alte Mann in Öl. Er hatte sein Gesicht ähnlich grimmig verzogen wie der Jubilar. Keine Zier für die morgige Ausgabe des Schwarzwälder Kuriers.

Kaum hatte Riesle den Auslöser gedrückt, durchfuhr es ihn schmerzhaft. Jetzt musste es schnell gehen, sonst …

» Äh … ich müsste mal … äh … zur Toilette …«, brachte er stammelnd hervor.

Der Bürgermeister kannte sich offenbar aus: » Zur Tür hinaus, links die Treppe nach oben nehmen. Dann den Gang rechts, zweite Tür links.«

Riesle legte die Kamera auf einen Holzschemel und jagte die Treppe hinauf, nahm drei Stufen auf einmal. Raste um die Ecke, obwohl er kaum etwas sah. Hier oben war es noch finsterer als in der Wohnstube.

Welche Tür noch mal? Rechts oder links? Verdammt!, dachte er und spürte einen erneuten Stich im Bauch. Er riss die erste Tür auf der rechten Seite auf – eine gut gefüllte Abstellkammer mit einigen Besen, die auch schon bessere Tage gesehen hatten. Selbst beim flüchtigen Blick entdeckte Riesle zahllose Spinnweben. Daneben lag ein Schlafzimmer mit einem Doppelbett aus Holz, das über die Hälfte des Raumes ausfüllte, einer klobigen, dunkelbraunen Kommode und einer weiteren Kuckucksuhr an der Wand.

Hinter der dritten Tür verbarg sich ein Arbeitszimmer, dem man ansah, dass keine Frau mehr im Haus war. Papier und Rechnungen stapelten sich, und es schien, als sei dem Hausherrn der Bürokram schon seit geraumer Zeit über den Kopf gewachsen. Oder als habe er einfach aufgehört, sich Gedanken darüber zu machen. Es roch unangenehm modrig.

»Verflixt noch mal!«, fluchte Riesle und begann erneut, heftig zu schwitzen. Dann nahm er sich die Türen auf der linken Flurseite vor. Hinter der ersten befand sich wieder nur eine kleine Kammer, in der allerlei Unrat aufgetürmt war. Die zweite Tür war abgeschlossen!

»Besetzt!«, ertönte es aus dem Inneren. Auch das noch! Klaus Riesle erinnerte sich an seinen Rückflug von Delhi nach Frankfurt. Der reinste Horror! Auch da war die Bordtoilette ständig besetzt gewesen, und Riesle hatte sogar kurzzeitig überlegt, ob er sich nicht für den ganzen Flug dort einschließen sollte …

Ein paar Sekunden hielt er es noch auf dem Läufer vor der Toilette aus. Nervös tippelte er hin und her, versuchte sich zu konzentrieren. Er lauschte für einen Moment, doch im Inneren der Toilette schien sich nichts zu tun. Dann drückte er zuerst einmal die Türklinke, dann zweimal, und schließlich begann er heftig daran zu rütteln.

»Entschuldigung«, wimmerte er dann. »Aber es ist wirklich dringend!«

»Besetzt!«, kam es jetzt schroff von der anderen Seite der Tür. Und in Riesle reifte die Gewissheit, dass er sofort etwas unternehmen musste. Panisch blickte er sich um. Eine zweite Toilette würde es in einem alten Schwarzwaldhaus wie diesem kaum geben. Also nichts wie raus!

Am anderen Ende des Flurs sah er eine Tür mit einem eingelassenen Glasfenster. Offen! Zum Glück!

Riesle hastete eine Treppe herunter und landete in Weissers altem Steingarten. Eigentlich nicht der geeignete Ort. Aber da jede weitere Bewegung zu einem Malheur geführt hätte, begnügte er sich mit dem einzigen Baum des Gartens.

»Das war knapp«, flüsterte er vor sich hin, während er ein lautes Schmatzen vernahm. Es kam von der rechten Seite. Jemand beobachtete ihn. Riesle bekam den nächsten Schweißausbruch und Pulsrasen. Er riss den Kopf herum und blickte in zwei große Augen. Sie gehörten einer braun gescheckten Kuh, die gerade ein paar Grashalme zermalmte und ihn neugierig über den Zaun hinweg anstarrte.

Als er gerade wieder die Tür zum Haus hinter sich zugezogen hatte, baute sich ein Mann mittleren Alters

27

mit einem großen, fast spitz zulaufenden Bauch vor ihm
auf.

»Was machen Sie hier?«, fragte er mit verschränkten
Armen.

»Riesle. Klaus Riesle. Schwarzwälder Kurier. Ich
berichte über Herrn Weissers 75. Geburtstag. Und wer
sind Sie?«

»Hoffmann. Ich bin Weissers Schwiegersohn aus
Hamburg. Muss ja ein toller Job sein, den Sie haben.
Und zu Ihrer Tätigkeit gehört wohl auch, Haus und
Garten zu inspizieren, wie?«

Klaus ärgerte sich zunächst maßlos über die groß-
städtische Arroganz des Mannes, dann lächelte er ihn an
und sagte: »Das alte Laster. Ich wollte doch nicht in
Herrn Weissers Wohnstube rauchen.«

Glücklicherweise gab sich der Schwiegersohn mit
dieser Auskunft zufrieden und wechselte das Thema:
»Und, was haben Sie für einen Eindruck von dem
Alten?«

Riesle stutzte. »Der ist doch noch ganz fit, oder?«

»Körperlich vielleicht schon, aber geistig?« Der
Schwiegersohn machte eine Scheibenwischerbewegung.
»Sie sollten nicht alles auf die Goldwaage legen, was er
sagt. Er war schon immer seltsam. Aber seit dem Tod
der Schwiegermutter vor einem Jahr ist er noch kauziger
geworden. Er geht kaum noch aus dem Haus, verkriecht
sich in seinem Steingarten und in diesem dunklen Loch
hier. Sogar sein Ratsmandat hat er aufgegeben.«

»Woran ist Frau Weisser denn gestorben?«, fragte
Riesle.

»Schlaganfall. Die medizinische Versorgung in diesem Kaff ist ja auch nicht die beste …«

Ganz schön großspurig, dachte Riesle und schaute demonstrativ auf seine Armbanduhr. »So, ich muss dann mal wieder runter«, sagte er und nahm die ersten Treppenstufen.

»Mussten Sie vorhin nicht ganz dringend auf die Toilette?«, rief ihm der Schwiegersohn hinterher.

»Ach, das hätte ich ja fast vergessen. Gut, dass Sie mich daran erinnern.« Klaus spürte, wie seine Wangen glühten.

Er fühlte den durchdringenden Blick des Schwiegersohns, der schon auf der schmalen Treppe stand und an dessen überdimensionalem Bauch er sich nun vorbeidrücken musste. So riesig diese alten Schwarzwaldhäuser von außen wirkten, so eng waren sie im Inneren.

Als Klaus die Toilettentür hinter sich zuzog, wischte er sich zum wiederholten Mal an diesem Morgen den Schweiß von der Stirn.

Mit Toilettenpapier.

5. ABRECHNUNG

Riesle wartete einige Minuten und ging dann die Treppe hinunter. Wo war noch gleich die Wohnstube? Dieses Haus war das reinste Labyrinth. Doch diesmal musste er nicht lange suchen, denn Weissers scheppernde Stimme war gut zu hören. Die Tür zur Stube war einen Spalt geöffnet.

Durch den hatte er einen guten Blick auf die Szenerie am Kachelofen und das griesgrämige Gesicht des Alten. Riesle blieb neugierig im Dunkel des Gangs stehen und lehnte sich an den Türrahmen.

»Letzschtlich seid ihr alle Taugenichtse«, krächzte Weisser gerade. »Und jetzt meinet ihr, i müsst wieder de Zaschter rausrücke.«

»Aber, aber, Herr Weisser«, beschwichtigte der Bürgermeister, dessen nervöse Augen abwechselnd auf den Alten und auf den Urgroßvater im Bilderrahmen gerichtet waren. »Jetzt sind Sie vielleicht ein bisschen hart in Ihrem Urteil ...«

»Ha!«, knurrte der Alte. Weißer Speichel hing an seinen Mundwinkeln. Er schien sehr erregt. »Dass i nit lach! Wo waret denn meine feine Kinder, als mei Frau g'schtorbe isch? Keiner vo euch hät ihr g'holfe. D' Elisabeth lag noch ä paar Tag im Krankehaus. Als hätt sie auf euch g'wartet. Doch keiner isch rechtzeitig komme.«

»Aber, Vater«, meldete sich die brünette Frau erstmals zu Wort. »Wir sind doch dann gekommen. Zuvor mussten wir eben arbeiten. Und von Hamburch nach Stockburch is ja auch nich grade umme Ecke ...«

Riesle, der immer noch durch den Spalt der angelehnten Tür in die Wohnstube spickte, wunderte sich. Ein Schwarzwaldmädel mit Hamburger Zungenschlag. Ob der Dialekt dem Alten gefiel?

»Schwätz au nit so g'stelzt doher«, unterbrach Weisser sie schroff. »Früher häsch no Bape zu mir g'sait und isern Dialekt g'schwätzt. Jetzt plappersch grad wie so ä daherg'laufene Tourischtin. No schlimmer als dein Mann. Von deiner Heimat willsch gor nix mehr wisse. In de letzschte drei Johr warsch grad einmal do. Und dann au nur zur Beerdigung deiner Mama. Es isch ä Schand!«

»Mein neues Zuhause is nu ma Hamburch. Da is ja auch mein Eberhard«, verteidigte sich die Tochter.

»Ha!« Wieder dieses Ächzen. »Du meinsch wohl sellen schräge Fischkopf, der lieber in d'Karibik als in de Schwarzwald fährt. Und vo Kinder will er au nix wisse. Aber vo meinem Geld ...«

Weissers Stimme wurde lauter, ein paar Spritzer Speichel landeten auf den Holzdielen. Sein scharfer Blick traf den Angesprochenen, der scheinbar ungerührt am Kachelofen stand. Man sah ihm den Norddeutschen an. Blonde Haare, blasser Teint. Sein spitz zulaufender Bauch zeigte direkt auf Weisser senior.

»Aber, Papa«, mischte sich jetzt einer der Söhne, offenbar der Jüngere, ein. Zumindest wirkte er mit seinen langen, zotteligen Haaren und dem tief aufgeknöpften hellblauen Hemd jugendlicher als der andere. »Wir wohnen nun mal weit weg von hier und führen unser eigenes Leben. In Berlin ...«

»In Berlin. Jo, genau«, unterbrach der alte Weisser. »Berlin hät dich vo Grund auf versaut. Mir habet dir immer Geld g'schickt, damit du studiersch. Und dann hän mer erfahre, warum du so viel Geld brauchsch. Zwei Kinder häsch mit zwei Fraue und lebsch doch wieder alleine. Studiere tusch scho lang nimmer. Lebsch vo Hartz IV und liegsch mit siebenunddreißig auf de faule Haut. Un dei Mutter hät immer so große Stücke auf di g'halte. Es isch zum Heule.«

Der Sohn senkte den Blick auf die Schwarzwälder Kirschtorte, die Tochter starrte auf die tickende Standuhr. Nur der ältere Sohn, der einen eleganten Anzug mit Krawatte trug, blickte durch seine randlose Brille auf.

»Und was ist mit mir? Hab ich deine Erwartungen auch nicht erfüllt?« Er erhob sich von dem rustikalen Stuhl und ging auf Weisser zu.

Ein selbstsicheres Bürschchen, dachte sich Riesle. Für seinen Geschmack etwas zu selbstsicher. »Einserabschluss in BWL, Doktor mit summa cum laude. Leiter des Außendienstes bei der Projektor AG in Köln.« Sein Tonfall hatte etwas Provozierendes, obwohl seine Stimme weich wirkte.

»Ja, sicher. Beruflich hasch du deinen Weg g'macht. Aber des isch au nit alles …« Der alte Weisser geriet ins Stocken.

»Aha! Da haben wir's wieder.« Der Sohn wurde lauter. »Privat war ich immer eine Enttäuschung für euch, nicht wahr? Privat habe ich eure Erwartungen nicht erfüllt. Privat hab ich euch überfordert, weil ich schwul bin und das auch noch offen ausgelebt habe. Deswegen, Vater, bin ich aus diesem Kaff hier geflüchtet und hab euch so selten besucht.«

»Du hättsch uns ruhig b'suche könne. Nur eben nit mit deinem ...« Weisser suchte den Blick des Urgroßvaters an der Wand.

»Meinem Freund, Vater, meinem schwulen Freund, meinem Geliebten. Sprich's ruhig aus. Aber damit hattet ihr immer ein Problem. Dietrich durfte ich nie mitbringen. Nicht mal zur Beerdigung.«

»Du hättsch mit dem Kerl auf dem Friedhof wahrscheinlich noch Händle g'halte.« Der Alte verzog angeekelt sein Gesicht. »Und heut, heut bisch wieder da. Aber nit wege meinem Geburtstag, sondern weil dein Erbteil auszahlt habe willsch. Weil du Angscht hasch, i könnt dich vielleicht ganz enterbe. Und wenn i euch nit mitteilt hätt, dass i was wege dem Erbe mit euch berede will, wärt ihr wahrscheinlich gar nit kumme.«

Dann machte Weisser eine abrupte Bewegung und schlug mit der Faust auf den Tisch. Das Kaffeegeschirr klapperte, alle starrten ihn an.

»Und ihr andere, ihr wollt au nur mei Geld. Des Großstadtlebe isch teuer, wie? Aber wartet nur. Für euch hab i ä Überraschung. Ihr werdet euch umgucke.«

»Was hast du vor?«, fragte die Tochter sanft. Es schien, als wollte sie ihren Vater damit beruhigen. Und tatsächlich: Weisser wurde leiser. Aber keineswegs freundlicher.

Riesle, der immer noch im Türrahmen kauerte, verzog die Mundwinkel und strich über seinen Bauch. Die Geräusche, die von dort kamen, hörten sich gefährlich an. Nicht schon wieder ...

»Geld, Geld, des isch alles, was bei euch zählt. Von wege erbe. Fascht mei g'samtes Barvermöge, drei-

33

hunderttausend Euro, hab i letzschte Woch bei de Bank abg'holt und an einem geheime Ort deponiert!«

Für einen Moment herrschte Stille.

Die Geschwister warfen sich fragende Blicke zu, sagten aber nichts.

Jetzt schaltete sich der Bürgermeister ein, der den Streit wie gebannt verfolgt hatte: »Und was wollen Sie damit bezwecken, Herr Weisser?«

Der Alte setzte sich an den Kachelofen, zog die Kuchenplatte zu sich heran und schnitt sich ein Stück Schwarzwälder Kirschtorte ab.

»I hab für mei liebe Verwandschaft ä kleines Spiel vorbereitet. Sie soll sich ihrer Heimat und ihrer Eltern würdig erweise, wenn sie des Geld will. Und des soll sie hier im Schwarzwald suche«, sagte der Alte.

Er hatte sich nun wieder völlig beruhigt und schob sich mit der Kuchengabel fast genüsslich ein besonders großes Stück in den Mund.

»Das ist doch ein schlechter Witz«, mischte sich der Schwiegersohn ein.

»Mal gucke, wer darüber zu lache hat«, erwiderte der Alte.

»I hab mir für euch ä feines Schwarzwaldrätsel aus'dacht. Es isch ä ganz b'sondres Rätsel. Ä Rätsel, des nit nur mit dem Schwarzwald, sondern auch mit der Familie Weisser zu tun hät.«

Der alte Mann zeigte mit dem Finger auf jedes seiner Kinder. »Eure Familie, falls ihr es nit schon vergesse habt. Wenn ihr des Rätsel löst, werdet ihr des Geld finde. Aber i bin mir sicher: Ihr schafft des nit. Außerdem müsstet ihr dazu ä paar Tag hier im Schwarzwald bleibe.«

»Der Alte will 'ne Schnitzeljagd veranstalten«, raunzte der Schwiegersohn verächtlich.

»Nenn's, wie du willsch, Fischkopf«, zischte der Alte zurück und baute sich vor ihm auf. »Ihr seid übrigens formell schon jetzt alle enterbt! Macht euch also kei Hoffnung, dass ihr was einklage könnt, wenn ihr des Geld nit findet. Des Haus hier geht übrigens nach meinem Ablebe an d' Stadt.«

Er wies auf den Bürgermeister. Das Stadtoberhaupt war unangenehm berührt von so viel Aufmerksamkeit, doch die Nachricht als solche schien ihm nicht neu.

»Darin wird emol ä schönes Uhremuseum eig'richtet. Des könnt ihr denn auch mal b'suche und euch über de Schwarzwald un meine Uhre informiere. Aber des wird noch einige Johr dauere, Herr Bürgermeischter. So en alte Schwarzwälder vergeht nit so schnell.«

»Was ist denn jetzt mit dem Rätsel?«, fragte die Tochter, als sich die Kinder von dem ersten Schreck erholt hatten.

»Vielleicht findet ihr ja im Kurier en Hinweis …«, meinte Weisser.

»Der Kurier – das ist doch die Zeitung, bei der dieser Journalist arbeitet. Wo steckt der eigentlich? Und wann erscheint zu unserem Erbe was im Kurier?«, fragte der jüngere Sohn und schloss einen Knopf an seinem Hemd.

»Des würdsch wohl gern wisse?«, triumphierte der alte Weisser. »Lass dir halt Zeit, beschäftig dich mit unserer Heimat, oder geh leer aus und z'rück in dei verdreckte Hauptstadt.«

»Aber, Vater, was soll dieses Spiel? Wann begreifst du endlich, dass deine Kinder ihre eigenen Wege gehen müssen? Und in einer globalisierten Welt wie der heutigen sind die Dinge nun mal im Fluss«, redet der ältere Sohn auf ihn ein.

»Im Fluss? Ha! Euer Fluss wär hier an de Mühle, nämlich de Brigach«, bellte der Alte.

In diesem Moment hörten sie ein dumpfes Geräusch und ein gezischtes: »Mist!«

Der Alte lief schnell zur angelehnten Tür und zog sie auf.

Auf dem Flur kniete Klaus Riesle, der nach seinem Handy suchte.

»Aha, der Herr Redakteur hät g'lauscht«, brummte Weisser verdrießlich.

Riesle hatte einen roten Kopf und Schweißperlen auf der Stirn. Ihm war die Situation natürlich peinlich – besonders vor dem Bürgermeister. Außerdem musste er schon wieder dringend – und diesmal nahm er sich vor, wirklich die Toilette zu benutzen …

6. SCHWARZWÄLDER KIRSCH

Klaus Riesle betrachtete die Zeitungsseite auf dem Bildschirm seines Computers. Gerade hatte er die Hauptversammlung des Kaninchenzüchtervereins abgearbeitet und das Foto mit den Ehrungen für langjährige Mitgliedschaft eingesetzt. Wie Orgelpfeifen hatten sich die Geehrten für das Foto aufgestellt.

Er betrachtete die Uhr auf der unteren Bildschirmleiste. Siebzehn Uhr zweiundzwanzig. Nur noch gut eineinhalb Stunden bis Redaktionsschluss. Und noch immer musste er die Terminübersicht für den folgenden Tag schreiben. Außerdem fehlte noch der Artikel über den Jubilar.

Damit tat sich Riesle besonders schwer. Immer wieder hatte er das Schreiben des Artikels verschoben. Der Streit zwischen Weisser und seinen Kindern ging ihm ebenso wenig aus dem Kopf wie das anschließende Flehen des Bürgermeisters, nichts von alledem zu veröffentlichen. Auch das seltsame Rätsel des Alten sollte unerwähnt bleiben.

Normalerweise hätte sich Riesle locker darüber hinweggesetzt. Hätte, ja, hätte er nicht an einem ganz besonders schlimmen Nachmittag vergangener Woche, als ihn der Weltschmerz und die Trennung von Kerstin über Gebühr beschäftigt hatten, in einer Kneipe in der St. Georgener Bahnhofstraße nachmittags dem Alkohol zugesprochen. Leider war danach noch Gemeinderatssitzung gewesen und sein Torkeln dem Stadtoberhaupt keineswegs entgangen …

Deshalb beschränkte sich Riesle auf die kommunalpolitischen Verdienste Weissers, auf den »tragischen Verlust seiner Ehefrau« sowie auf die Lobeshymnen des Bürgermeisters. Die Kinder erwähnte er nur in einer Bildunterschrift. Den Artikel betitelte er mit der Zeile: »Zum 75. eine Schwarzwälder Kirschtorte«. Lokaljournalismus war schon ein hartes Brot.

Jetzt fehlte nur noch Weissers Geburtstagsfoto. Der in Öl gefasste Großvater würde das Bild etwas auflockern. Riesle schnappte sich die Digitalkamera und ging die Fotos durch: doch keine Spur vom Bürgermeister und der Geburtstagsfeier, die eigentlich keine war.

Immer wieder drückte er auf den Knopf, hoffte auf das nächste Foto. Es schien wie verhext!

Nach dem dritten Durchlauf war er sich sicher: Entweder hatte er nicht richtig auf den Auslöser gedrückt oder das Foto aus Versehen gelöscht – was ihm schon einmal passiert war.

Oder der Urgroßvater hatte die Familie mit einem Fluch belegt.

Was sollte er nur tun? Das Bild musste unbedingt in die morgige Ausgabe. Er sah schon das gerötete Gesicht des Redaktionsleiters vor sich. Sicher würde Riesle einen seiner cholerischen Anfälle über sich ergehen lassen müssen. Aber noch gab er nicht auf!

Hektisch suchte er im Internet nach der Nummer des Jubilars. »Weisser, Weisser, Weisser«, betete Riesle die Namen herunter. Wieso gab es davon nur so viele? Und wie war noch gleich der Vorname des Jubilars gewesen?

Nervös kramte er nach seinem Block in der Ablage

neben der Computertastatur. Seine Notizen konnte er selbst kaum noch erkennen. »Christian, Johannes, Maria.« Das waren die Vornamen der Kinder. Johannes war der Kölner, der mit seinem Job geprahlt hatte.

Dann endlich, nach einigem Blättern, fand er den Vornamen des Alten: Kurt. Zum Glück gab das Telefonbuch nur einen Weisser mit diesem Vornamen her.

Er griff zum Telefonhörer, wählte die Nummer. Freizeichen.

Er ließ es lange klingeln, doch niemand ging ran. Riesle versuchte es erneut, wieder ohne Erfolg. Vermutlich war der Alte in seinem Steingarten und räumte gerade Riesles peinliche Hinterlassenschaften weg. Ob es wirklich eine so gute Idee war, noch mal ins Groppertal zu fahren?

Dann griff er abermals zum Hörer und wählte eine neue Nummer. Am anderen Ende war nun Frau Maier, die strenge Vorzimmerdame des Bürgermeisters.

»Guten Abend, Frau Maier, bitte geben Sie mir ganz schnell den Bürgermeister«, bat Riesle.

Wenig später hatte er das Stadtoberhaupt in der Leitung.

»Herr Bürgermeister, Gott sei Dank! Es ist ein Notfall. Sie müssen unbedingt mit mir noch mal zu Weisser rausfahren.« Riesle erklärte dem Bürgermeister, dass das Foto nichts geworden sei, weshalb er es noch einmal schießen müsse. «Ob Sie mich wohl mit Ihrem Wagen in der Redaktion abholen könnten? Mit dem Fahrrad schaff ich's nicht mehr rechtzeitig. Dann haben Sie eben noch einen gut! Und ich habe im Artikel natürlich nichts von dem Zwischenfall mit Weissers Kindern erwähnt ...«

39

Riesle seufzte. Er hasste es, sich in Abhängigkeiten zu begeben.

Zum Glück war dem Bürgermeister die Präsenz in der morgigen Ausgabe wichtiger als die Sitzung des Partnerschaftsausschusses. Nur wenige Minuten später stand der anthrazitfarbene Mercedes vor dem Eingang der Redaktion. Der Bürgermeister beugte sich über den Beifahrersitz und stieß die Seitentür auf. Riesle legte die Fototasche in den Fußraum und hechtete auf den schwarzledernen Sitz.

»Danke!«, keuchte er und sah auf die Uhr. Noch siebzig Minuten bis Redaktionsschluss. Hoffentlich gab das Stadtoberhaupt Gas.

»Erzählen Sie mir doch noch zwei, drei Sätze über Herrn Weisser«, bat Riesle den Bürgermeister, während er es sich in den schwarzen Polstern bequem machte.

Der Mercedes war schon etwas anderes als Riesles alter Kadett, der in der Garage eines Kumpels vor sich hinammelte und darauf wartete, dass sein Besitzer den Führerschein zurückbekäme.

Vielleicht sollte er sich lieber ein größeres Auto besorgen, das beim weiblichen Geschlecht besser ankam. Wenn er das Geld aus Weissers Rätsel …

»Weisser war schon immer ein eigenwilliger, aber fleißiger Gemeinderat«, sagte der Bürgermeister. »Fragen Sie mal Ihren Kollegen, für den Sie momentan die Vertretung machen. Weisser nahm nie ein Blatt vor den Mund, und das hat ihm die Sympathien vieler Leute eingebracht. Ein hundertprozentiger Schwarzwälder mit einem gerüttelt Maß an Bauernschläue, der stolz ist auf seinen Hof, seine Mühle, seine Frau, seine Uhrensammlung, die Landschaft, das Brauchtum – und früher auch auf seine Kinder. Als sie noch klein waren ...«

»Jetzt wohl nicht mehr«, bemerkte Riesle sarkastisch, als sie auf den Hof einbogen. Noch immer plätscherten Mühle und Brunnen gegeneinander an.

Die Autos der Weisser-Kinder waren allerdings nicht mehr zu sehen, der Geburtstag schien beendet.

Dann musste das Foto eben ohne Kinder auskommen. Jubilar, Bürgermeister und Urgroßvater taten es auch. Hauptsache, es ging schnell.

»Seit dem Tod seiner Frau ist er viel verschlossener und mürrischer geworden«, fuhr der Bürgermeister fort, während er abbremste. »Geradezu verbittert. Ich habe ihn selbst gedrängt, trotz seines Alters noch mal für den Gemeinderat zu kandidieren. Aber keine Chance.« Er stieg aus dem Wagen.

»Er wollte, anders als früher, keine Öffentlichkeit mehr, denn er ist enttäuscht vom Leben und von seinen Kindern. Deshalb wollte er Sie heute Morgen zunächst auch rauswerfen. Aber Weisser ist immer für eine Überraschung gut.«

»Wie bei diesem Rätsel«, erwiderte Riesle. »Meinen Sie, er blufft?«

Der Bürgermeister schüttelte den Kopf. »Was Weisser sagt, das macht er auch. Das war schon im Gemeinderat so. Aber jetzt Ruhe – und vergessen Sie nicht: Kein Wort davon in der Zeitung!«

Er klopfte an die Holztür. Sie war einen Spaltbreit geöffnet.

»Herr Weisser!«, rief der Bürgermeister. »Herr Weisser? Wir müssen das Bild leider noch mal machen.«

Sie betraten den dunklen Gang. »Meinen Sie, er ist in

41

Sachen Rätsel unterwegs?«, flüsterte Riesle, der immer unruhiger wurde.

Er betrat das Wohnzimmer und klopfte im Hineingehen an die offen stehende Tür.

»Das Geschirr ist noch nicht aufgeräumt«, murmelte er in Richtung des gemalten Urgroßvaters, den das allerdings nicht zu stören schien.

Riesle und der Bürgermeister sahen es gleichzeitig: Zwischen den Tassen, den Löffeln und Kuchengabeln und der halb vollen Kaffeekanne saß der Hausherr auf seinem Stuhl. Sein Oberkörper lehnte auf dem Tisch, und sein Gesicht hatte sich in die Reste der Schwarzwälder Kirschtorte eingegraben.

»Um Gottes willen!«, rief der Bürgermeister. Er beugte sich über Weisser, hob mit den Fingerspitzen vorsichtig den Kopf des Alten an und legte ihn neben der Kuchenplatte ab.

Die Gesichtszüge des Mannes waren mit Sahne und Biskuitfetzen überzogen und kaum noch zu erkennen. Der Bürgermeister tupfte mit einer Serviette ganz vorsichtig über das Gesicht und fühlte ungelenk den Puls des Alten.

»Ich glaube, er ist tot«, stammelte er dann. »Wohl ein Herzinfarkt. Er muss sich so sehr über seine Kinder aufgeregt haben ...«

Riesle atmete tief durch.

Für seine Geschichte hatte er nun genügend Stoff, um das fehlende Bild wettzumachen.

7. STÖRENFRIED

Hubertus Hummel sah wieder einmal auf die Küchenuhr. Kurz nach sieben. Viereinhalb Stunden hatte Maximilian vergangene Nacht geschlafen. Immerhin.

Er fütterte den Kleinen mit Karottenbrei und versuchte gleichzeitig, den Schwarzwälder Kurier zu lesen. Ein Vorhaben, das zum Scheitern verurteilt war. Die kleinen Händchen seines Enkels waren überall: mal im Plastikschüsselchen, dann auf Hubertus' Hemd. Das würde er gleich wieder wechseln müssen. Schließlich auf den Zeitungsseiten, die sich gelb-orange zu verfärben begannen. Dafür klebte ein Teil der Zeitung, vor allem aber die Druckerschwärze, an den Fingerchen von Maximilian.

Seufzend fragte er sich, ob es richtig war, sich in diesem Stillstreit gegen seine Frau durchzusetzen. Elke war der Meinung, dass eine gute Mutter am besten ihr Kind noch im dritten Lebensjahr stillen und erst möglichst spät zufüttern sollte.

»Der Kleine darf nicht vom Fleisch fallen«, lautete hingegen Hubertus' Credo. Wann immer es seine Frau nicht sah, organisierte er Maxi eine Extraration Brei.

Wenn nur ein Zehntel aller Großväter so fürsorglich wären wie ich, dachte Hubertus selbstzufrieden. Dann fiel ihm Martina ein. Komisch, deren Position in diesem Streit wusste er gar nicht. Offenbar hatte noch nie jemand mit der Mutter des Kindes über dieses Thema gesprochen.

Hm.

Er legte die Zeitung beiseite, fütterte den Enkel gewissenhaft fertig und ließ ihn sein Bäuerchen machen. Wenigstens das klappte heute.

Dass das Bäuerchen weitere Spuren auf Hubertus' Hemd hinterließ, war auch egal.

Als der Enkel sich tatsächlich ohne größeren Widerstand in seine Babywippe bugsieren ließ, nutzte Hummel die ihm schätzungsweise noch verbleibenden sieben Minuten, die verklebte Zeitung durchzublättern. Er wollte sich lediglich einen kurzen Überblick verschaffen: überregionaler Teil, Gemeinderat, Polizeimeldungen, Vereinsleben, ein paar Leserbriefe, schon war er bei der »Umland«-Seite. Das ging im Normalfall noch schneller, weil er sich für die ländlichen Ortschaften nur bedingt interessierte.

Bis er auf eine Geschichte mit dem marktschreierischen Titel »Tod in der Torte« stieß. Autor war ein gewisser Klaus Riesle. Natürlich, das hätte er sich ja denken können.

Als Hummel den Schluss des Artikels gelesen hatte, war er fassungslos. Ein langjähriger Gemeinderat starb ausgerechnet an seinem Geburtstag, nachdem er geheimnisvolle Andeutungen über ein Rätsel gemacht hatte.

Entsetzt war Hummel aber auch über die mehr als blumige Sprache, die von einem Verzicht auf Pietät und korrekte Satzstellung zugunsten von wilden Spekulationen geprägt war. Sätze wie: »Ob jedoch alle Kinder ehrlich trauern, bleibt abzuwarten« oder: »Starb Weisser wirklich eines natürlichen Todes? Jetzt ist die Polizei

gefordert« entsprachen nicht seiner Vorstellung von
sauberem Journalismus. Er las den Artikel ein zweites
Mal, fand ihn jedoch auch danach nicht besser.

Wieder blickte Hubertus zur Uhr. Er würde zu spät zu
seiner neunten Klasse und den Aufgaben des Vermitt-
lungsausschusses kommen. Doch alles war besser, als
Pergel-Bülows auch heute in die Arme zu laufen.

Wo Elke nur blieb? Die sollte ihn doch ablösen.

Maximilian schien es in seiner Babywippe langweilig
zu werden, oder er hatte zu schnell und zu viel gegessen.
Jedenfalls wimmerte er vor sich hin. Vielleicht lag es
auch an der Druckerschwärze, an der er geleckt hatte.

»Bist du endlich fertig mit der Meditation?«, empfing
Hubertus seine im Jogginganzug die Treppe herunter-
schwebende Frau gallig.

»Wenn ich deine Laune sehe, solltest du das endlich
auch versuchen«, gab die zurück. »Nimm dir mal ein
Beispiel an ...«

»Hör mir bloß auf mit Pergel-Bülow«, unterbrach
Hubertus sie eine Spur zu laut, worauf Maximilian nun
wirklich zu schreien anfing. Elke ersparte sich eine Antwort, tätschelte den Enkel und hängte ihm schließlich
ein Bernsteinkettchen um, das sie am Vortag aus der
Innenstadt mitgebracht hatte.

»Das hilft beim Zahnen«, erläuterte sie.

Hubertus' Blutdruck ging noch weiter in die Höhe.
»Beim Zahnen? Er zahnt doch erst in ein paar Monaten! Herrgott, wo habe ich nur meine Tasche?«

»Erstens ist es sinnvoll, schon sehr früh damit an-
zufangen, und zweitens hast du heute meines Wissens
erst in der dritten Stunde Unterricht.«

Hubertus, der sich gerade ein fleckenloses Hemd

45

anzog, hielt inne. Bei näherer Betrachtung kam er zum Schluss, dass er übermüdet war und seine Frau recht hatte.

Er setzte sich wieder auf seinen Küchenstuhl und atmete durch. Das Thema Bernstein ließe sich sicher auch noch zu einem späteren Zeitpunkt vertiefen.

Stattdessen griff er nach der Einladungsliste von Martinas und Didis Hochzeit, die auf dem Tisch lag. Hundertzwanzig Gäste würden sich einfinden, darunter etliche, auf die er gerne verzichtet hätte. Als Brautvater würde er eine Rede halten müssen. Mal überlegen …

Es klingelte an der Haustür. Nicht ein-, nicht zwei-, nein, gleich dreimal.

Hummel sprang auf und fluchte, weil Maxi, der sich in Elkes Arm gerade wieder beruhigt hatte, erneut zu brüllen begann. Martina war jetzt sicher auch wach.

»Welcher Idiot …?«, rief Hubertus, während er die Tür öffnete.

»Morgen«, sagte Klaus Riesle, der mit dem Rad gekommen war und entsprechend schwitzte. »Hast du schon meine Geschichte gelesen?«

Der Text im Boulevardstil, die Tatsache, dass sich Riesle in der letzten Zeit kaum noch bei ihm gemeldet hatte und seine kinderfeindlichen Äußerungen – da kam einiges zusammen.

»Meinst du dieses Gegeifere, bei dem man aus jedem Halbsatz herauszulesen glaubt, dass der Verfasser sich am Tod eines Menschen erfreut, weil sich ihm dadurch eine sensationelle Geschichte bietet?«, fiel die Antwort entsprechend unfreundlich aus.

Riesle, der den unausgesprochenen Konflikt mit seinem alten Freund eigentlich an diesem Morgen hatte beilegen wollen, stutzte. Wenn Hubertus nicht an einer Versöhnung gelegen war – bitte schön.

»O, der Herr Lehrer spricht wieder«, gab er zurück. Seine Laune war durch das Radfahren nicht eben besser geworden. »Verzeih bitte, dass wir nicht nur für Oberstudienräte, sondern auch für das gemeine Volk schreiben. Und verzeih auch, dass es bei uns so etwas wie Zeitdruck gibt. Kurz vor Redaktionsschluss einen Artikel komplett umzuschreiben – das ist etwas anderes, als sich tagelang auf eine Schulstunde vorbereiten zu können.«

In seinem neuen, blütenweißen Hemd stand Hubertus im Türrahmen, der ohnehin etwas kleinere Riesle zwei Stufen weiter unten. Sie starrten sich beide aufgebracht an. Der Journalist überlegte, ob er einfach kehrtmachen und sich alleine der rätselhaften Geschichte um den alten Weisser widmen sollte.

Hubertus tendierte dazu, seinem Freund – wenn er das überhaupt noch war – einfach die Tür vor der Nase zuzuschlagen.

Elke überbrückte das Schweigen. Sie kam mit dem Kleinen auf dem Arm und sagte: »Huby, wickle ihn mal bitte. Er riecht. Grüß dich, Klaus.«

Fünf Minuten später standen die beiden Freunde nebeneinander vor der Wickelkommode und schwiegen. Hubertus, weil er mit dem Windelwechseln beschäftigt war und es so konzentriert anging, dass seine Zunge etwas aus dem Mund herausragte. Riesle, weil er innerlich kopfschüttelnd das Szenario betrachtete, zu dem es nur wenig zu sagen gab.

Maximilian hatte ganze Arbeit geleistet. Übel riechende Arbeit. Riesle überlegte, ob er eine bissige Bemerkung über emanzipierte Männer machen sollte – doch dann hätte er sich wohl ganz allein auf die Suche nach Weissers Geld machen können. Ihm war zwar bewusst, dass das Rätsel eigentlich für Weissers Kinder gedacht war, aber warum sollten nicht auch Hubertus und er ihr Glück versuchen? Womöglich würden sie das Rätsel schneller lösen als die Weisser-Kinder. Und da es offenbar auch um Schwarzwaldkompetenz ging, war Hubertus sicher gut zu gebrauchen.

Als der stolze Großvater den Po des Enkels gepudert, die neue Windel fixiert und deren Vorgängerin mit spitzen Fingern am Rande des Wickeltischs platziert hatte, drückte er mit einem letzten »Duzi-Duzi« der eben aus dem Bad kommenden Martina den Kleinen in die Hand. Dann trug er die Windel in Richtung Küche und wusch sich die Hände in der Spüle.

»Weshalb bist du eigentlich hier?«, fragte er Klaus in einem Tonfall, der versuchte, eine routinierte Freundlichkeit zu vermitteln.

»Weil ich dachte, dass du dich vielleicht nicht nur als Lehrer und Opa, sondern vielleicht auch zur Abwechslung wieder etwas detektivisch betätigen möchtest«, gab Klaus zurück.

War das eine Provokation oder nur das übliche Necken zweier alter Freunde? Hubertus entschied sich nach kurzem Zögern für die zweite Möglichkeit.

»Erzähl«, sagte Hubertus und stellte dem immer noch schwitzenden Klaus ein Glas Mineralwasser hin.

»Nun ja, ich komme gestern nichtsahnend zu einem 75. Geburtstag in Stockburg und höre zufällig, wie der Jubilar, ein gewisser Kurt Weisser, seiner verhassten Verwandtschaft durch ein besonderes Rätsel das Erbe vorenthalten will. Abends bin ich wegen des Fotos noch mal hin. Und da liegt der Alte mit dem Gesicht in der Torte. Wenn du mich fragst – das war kein Unfall.«

»Du hast es in deinem Artikel ja schon mehr als angedeutet. War es ein Mord? Wird Weisser obduziert werden?«

»Gute Frage. Ich hab doch neulich eine Reportage über einen befreundeten Gerichtsmediziner in Freiburg gemacht, den werde ich heute mal anrufen. Wenn Weisser obduziert wurde, dann im gerichtsmedizinischen Institut in Freiburg. Alle Leichen aus der Region kommen da hin«, erklärte Riesle.

Er schob Hubertus das Wasserglas hin und bat so um Nachschub.

»Und um wie viel Geld geht es bei diesem Rätsel?«, fragte Hummel scheinbar beiläufig, während er nachgoss. Dabei hatte er sich die Summe genau gemerkt: Dreihunderttausend Euro hatte Riesle geschrieben. Wenn Hummel ehrlich war, hatte er sich bei aller Empörung über den Text sogar schon überlegt, was er mit so viel Geld anfangen würde. Zum Beispiel könnte man den kindgerechten Ausbau der Wohnung von Martina und Didi finanzieren. Oder die lebenslange Mitgliedschaft Maximilians in der Narrozunft, bei den Schwenninger Wild Wings und beim FC 08 Villingen. Und eine gelegentliche, überaus kompetente und damit eben entsprechend teure Tagesmutter für den Kleinen – oder noch besser: eine Nachtmutter. Damit Familie Hummel wieder ruhiger schlafen könnte. Außerdem hätte er gern ein Wohnmobil gehabt, mit dem er einen Urlaub in Kanada machen könnte. Und natürlich ein kleines Wochenendhäuschen im tiefen Schwarzwald – eben irgendwo, wo man nicht Gefahr lief, beim Verlassen des Hauses auf die Pergel-Bülows zu treffen.

»Um dreihunderttausend Euro«, sagte Riesle. »Die eine Hälfte für dich und die andere Hälfte für mich, wenn wir das Rätsel lösen.«

»Erklär es mir noch mal«, bat Hubertus.

»Also, Weisser ist von seiner Familie aus verschiedenen Gründen enttäuscht. Die Kinder sind alle aus dem Schwarzwald weggezogen und haben sich einen Dreck um ihn und seine Frau gekümmert. Als die Frau im Sterben lag und seine Kinder selbst da kein besonderes Engagement oder Herzenswärme gezeigt haben, hat er wohl einen Entschluss gefasst.«

»Und den hat er gestern der Familie und der Presse verkündet«, ergänzte Hubertus.

»Richtig«, nickte Riesle. »Genauer gesagt: nur der Familie. Ich habe ja bloß durch Zufall mitgehört, was er gesagt hat.«

»Durch Zufall!«, echote Hubertus.

»Durch Zufall!«, meinte Riesle und nickte. Mittlerweile war es ihm egal, ob Hubertus glaubte, er habe an der Tür gelauscht. »Auf jeden Fall hat Weisser seinen Angehörigen erklärt, dass sie schon noch ein paar Tage im schönen Schwarzwald bleiben und mehrere Rätsel lösen müssten, wenn sie an sein Geld wollten. Einfach so zu erben und auf sein Ableben zu warten – das sei nicht drin, zumal er ja noch bei guter Gesundheit sei.«

»Irgendjemand hatte möglicherweise nicht so viel Geduld«, mutmaßte Hummel.

»Davon mal abgesehen, hat Weisser gesagt, nur derjenige, der sich der Schwarzwälder Heimat und der Familie würdig erweise, könne das Geld bekommen.

Wenn das jemand bis zum 10. Juni schaffe, dann bekomme er das Geld«, erinnerte sich Riesle.

»10. Juni – das ist in fünf Tagen«, rechnete Hummel.

»Gestern Abend dachte ich noch: Da der Alte ja jetzt tot ist, entfällt wohl auch das Rätsel. Aber jetzt sagt mir mein Gefühl, dass die Rätselbausteine schon ausgelegt sind und das Geld bereits irgendwo deponiert ist. Vielleicht hat Weisser einen Verbündeten. Einen, der das Ganze in Absprache mit ihm organisiert hat. Einen Mann seines Vertrauens, der Verständnis für seine Entscheidung hat, der Familie das Geld vorzuenthalten. Und eine solche Person hat mich heute Morgen schon angerufen ...«

»Wer?«

»Der Bürgermeister. Der war nämlich auch da und hat die ganze Veranstaltung gestern gewissermaßen moderiert. Übrigens hätte er auch ein gutes Motiv: Seine Gemeinde erhält im Falle des Ablebens von Weisser das Haus und kann daraus ein Uhrenmuseum machen. Manchmal geht's schneller, als man denkt ...«

»Und wieso hat er dich heute angerufen?«

»Weil er stinksauer ist, dass ich das mit dem Rätsel und auch noch einiges andere in den Artikel geschrieben habe. Er ist Weisser eben sehr verbunden, weil der damals wesentlich zu seiner Wahl beigetragen hat.«

»Und jetzt?«

»Du rufst den Bürgermeister unter einem Vorwand an und versuchst herauszubekommen, ob er was weiß und ob das Rätsel mit Weissers Tod womöglich schon erledigt ist. Mit mir will der heute sicher nicht mehr reden.«

»Und du?«, fragte Hubertus.

»Ich warte ab und werde den Schwarzwälder Kurier studieren. Der alte Weisser hat nämlich gesagt, im Kurier werde sich ein Hinweis finden.«

»Ich kann mir nicht vorstellen, dass der Bürgermeister oder wer auch immer ungerührt das Rätsel startet, wenn Weisser tot ist«, wandte Hubertus ein. Dann seufzte er, schaute wieder auf die Uhr, dann auf das Thermometer, das mittlerweile dreiundzwanzig Grad anzeigte, und fasste einen Entschluss.

Falls er irgendwie in den Besitz des Geldes kommen sollte, würde er sich nicht nur ein Wochenendhäuschen kaufen, sondern gleich auch ein kleines Planschbecken einrichten.

Für sich und den Enkel.

8. RIESLES BUDE

Klaus Riesle betrat seine Anderthalbzimmerwohnung im Villinger Stadtteil Wöschhalde, die er angemietet hatte, nachdem er bei seiner Exfreundin Kerstin hinausgeworfen worden war. Sein neues Zuhause nannte er nur etwas abfällig »meine Bude«.

Wohin er auch blickte – überall herrschte Chaos. Berge von Wäsche stapelten sich in der einen Ecke, jede Menge Papierhaufen in der anderen. Sogar die offenen Koffer und ungewaschene Kleidung von der Reise lagen noch herum.

Seit seinem Indienaufenthalt hatte er fast nichts mehr angerührt. Ihm fiel auf, dass er seither auch nicht mehr gelüftet hatte. Ein leicht säuerlicher Geruch hing im Raum.

Riesle öffnete die Balkontür, trat hinaus, atmete tief durch. Dann betrachtete er die Palme in der Balkonecke, die als solche fast nicht mehr zu erkennen war. Eigentlich ragte nur noch ein ausgedörrter Stummel aus dem Terrakottatopf. Von den Blumen im Balkonkasten war auch nicht mehr viel zu sehen: nur noch ein paar braun gewölbte Blätter.

Sein Gewissen meldete sich – auch wenn Riesle es eigentlich albern fand, gegenüber Pflanzen ein schlechtes Gewissen zu haben. Vielleicht hätte er vor dem Urlaub seinen Freund Hubertus bitten sollen, bei ihm ab und an nach dem Rechten zu sehen.

Riesle richtete den Blick in die Ferne. Der einzige Vorzug seiner Singlewohnung war der unglaubliche Ausblick. Wie die untergehende Sonne die Schwarzwaldberge, das Villinger Münster und die Dächer der Stadt in ein rötliches Licht tauchte, das hatte schon etwas von einem Ansichtskartenidyll.

Für einen Moment dachte er an Kerstin, an ihren letzten gemeinsamen Urlaub mit Campingbus in Südfrankreich, an die langen Winterabende in ihrer Schwenninger Wohnung. Und daran, dass vieles in ihrer Beziehung einfach zu selbstverständlich geworden war.

Er war sich der ganzen Sache zu sicher gewesen. Er hatte geglaubt, es würde immer so weitergehen und er könne beides haben: Kerstin und seine Freiheiten.

Doch dann hatte sie Schluss gemacht.

Über die meisten Verflossenen war er leicht hinweggekommen, nicht aber über Kerstin. Lag es wirklich nur an ihr oder daran, dass er älter wurde? Ein Großteil seiner Bekannten war mittlerweile längst verheiratet, hatte Kinder oder sogar Enkel.

Er ging zurück in die Wohnung und setzte sich an den völlig überfüllten Schreibtisch. Langsam schob er ein paar Bücher und Unterlagen beiseite, stützte die Ellenbogen auf die freie Stelle und legte das Gesicht in die Hände. Eine Weile grübelte er und fragte sich, ob er Kerstin anrufen solle, doch dann beschloss er, sich in seiner melancholischen Stimmung lieber nicht bei ihr zu melden. Stattdessen wählte er die Nummer seines alten Schulfreunds Eric-Carsten Dörr, der im Gegensatz zu ihm studiert hatte und mittlerweile Gerichtsmediziner in Freiburg war.

»Hier ist Klaus Riesle. Hallo, Eric!«

»Klausi, altes Haus. Was verschafft mir die Ehre? Hab ja schon länger nichts mehr von dir gehört.«

»Ach, ich wollte nur einfach mal wieder von mir hören lassen.«

Dafür erntete Klaus Riesle schallendes Gelächter.

»Komm schon, Klaus. Ich kenne dich. Du bist ein netter Kerl, aber du meldest dich eigentlich nie, um einfach nur von dir hören zu lassen. Ich ahne schon, warum du anrufst. Dich interessiert die Leiche aus dem Groppertal. Gib's zu!«

»Du kennst mich einfach zu gut«, konterte Riesle.

Es schauderte ihn, denn aus dem Telefon erklang ein durchdringendes Geräusch, das sich anhörte, als stammte es von einer Säge. Riesle wollte lieber gar nicht so genau wissen, was im Sektionssaal gerade vor sich ging. Die einzigen Leichen in seiner Wohnung waren zum Glück nur vertrocknete Pflanzen.

»Habt ihr den Mann obduziert?«, erkundigte er sich.

»Du weißt doch, dass ich darüber keine Auskunft erteilen darf.«

»Komm schon, wenigstens ein Fingerzeig«, bettelte Riesle.

»Ja, haben wir!«

»Und?«

»Nichts und! Morgen erfährst du das Ergebnis von der Pressestelle eurer Polizei.«

»Raus mit der Sprache!« Riesle ließ nicht locker.

»Und dann steht's morgen in der Zeitung, wie? Ich kenne dich. Du bist und bleibst doch ein kleiner Schmierfink.« Eric lachte.

Riesle überhörte die Beleidigung und schaute auf die

Uhr. »Ist doch ohnehin fast zwanzig Uhr, da haben wir ja eigentlich schon Redaktionsschluss. Mein Kumpel Hummel und ich ermitteln aber mal wieder. Und da die Kinder des Toten jeden Moment abreisen könnten, müsste ich schon heute Abend wissen, ob Herr Weisser eines natürlichen Todes gestorben ist. Falls nicht, ist Eile geboten ...«

»Komische Hobbys habt ihr, du und dein Hummel. Das muss ich schon sagen«, lästerte der Schulfreund.

Er zögerte noch einen Moment, dann fuhr er fort: »Na gut, aber von mir hast du nichts erfahren. Der Mann ist erstickt. Das heißt: Vermutlich wurde er erstickt!«

»Erstickt? Wahnsinn! Und mit was?«, fragte Riesle atemlos.

»Mit oder vielmehr in einer Schwarzwälder Kirschtorte.«

»Wie? Mit der Torte?«

»Ich weiß, dass es verrückt klingt, aber offensichtlich hat ihm jemand das Gesicht in die Torte gedrückt. Im Nasen- und Rachenraum waren noch Kuchenreste. So gar in der Luftröhre und in den Bronchien haben wir aspirierten Biskuit und Sahne gefunden. An einem Herzinfarkt oder einem Schlaganfall lag es aber nicht, dass er mit dem Gesicht in der Torte gelandet ist. Weisser hatte für sein Alter noch ganz zarte Herzkranzgefäße. Auf der Haut im hinteren Halsbereich befinden sich Druckstellen und Hämatome, die eindeutig von einer Hand stammen. Von der Hand, die seinen Kopf in die Torte gedrückt hat. Die überblähten Lungen und punktförmigen Einblutungen am Lungenfell haben uns letzte Gewissheit gegeben: Er ist erstickt!«

»Erstickt in seiner eigenen Geburtstagstorte. Unglaublich!« Doch Riesle fasste sich schnell wieder. »Ich danke dir, mein Lieber. Bei unserer nächsten Tour halte ich dich aus.«

»Einverstanden. Und wenn irgendwas davon morgen in der Zeitung steht, bist du der Nächste, den ich sezieren werde.«

Riesle nickte geistesabwesend und drückte den roten Knopf auf dem Telefon.

Er war im Zwiespalt. Sollte er zuerst seinen Freund Hummel anrufen, um ihm die Neuigkeit mitzuteilen, oder den Chefredakteur in der Zentrale seiner Zeitung? Er entschied sich für Letzteren.

Zunächst bekam er einen Rüffel wegen seiner »RTL2-mäßigen Mordberichterstattung«, wie sich der Chef ausdrückte. »Wir können uns keine weiteren Abokündigungen leisten. Außerdem sind wir ein seriöses Blatt, falls es noch nicht zu Ihnen durchgedrungen sein sollte.«

»Herr Dr. Paul, ich habe zum Abschied meiner Wochen in der St. Georgener Redaktion eine Hammergeschichte für Sie. Der Tote in der Torte ist keines natürlichen Todes gestorben. Er wurde erstickt, und zwar in der Schwarzwälder Kirschtorte. Das weiß ich aus sicherer Quelle, nämlich vom zuständigen Gerichtsmediziner.«

»Jetzt hören Sie mal gut zu, Riesle, wenn diese Geschichte nicht stimmt, sind Sie fällig. Dann muss ich Sie in den hinterletzten Ort unseres Verbreitungsgebiets versetzen.«

Pause. »Wie wär's mit St. Blasien?«

»Herr Dr. Paul, die Geschichte ist wirklich sattelfest«,

versicherte Riesle und hoffte, dass sein Freund Eric-Carsten sie nie zu Gesicht bekommen würde.

Der Chefredakteur überlegte noch ein paar Sekunden und stellte Riesle dann zum »Chef vom Dienst« durch.

9. EIN REIM FÜR DIE WEISSERS

Schon in den letzten Nächten hatte Riesle schlecht geschlafen. Zwar hatte er, bedingt durch seine unfreiwilligen Radfahrten abends, die nötige Bettschwere gehabt,
ruhige Träume waren ihm dennoch nicht beschieden
gewesen.

Unruhig wälzte er sich auf seiner Matratze herum, die
er bei seinem Einzug recht achtlos in die Ecke geworfen
hatte.

Um sieben schaute er das erste Mal auf die Uhr –
tiefste Nacht für einen Journalisten.

Um acht stand er schließlich auf – wütend auf sich
und sein Schlafdefizit, auf die muffelige Wohnung, auf
sein ganzes Leben.

Ja, das Geld des alten Weisser könnte er wirklich
dringend gebrauchen – und sei es nur, um diesem ganzen
Schlamassel hier zu entkommen. Ein eigenes Häuschen
im tiefen Schwarzwald, das wäre doch was …

Er schlich zum Briefkastenschlitz und zog den
Schwarzwälder Kurier heraus, den er auch zu Hause
bezog. Dann setzte er sich an den Tisch in seinem Schlafzimmer, kratzte sich mit dem rechten Zeh am Spann des
linken Fußes und schaute sich im Zimmer um, das von
der Morgensonne hell erleuchtet wurde.

Viel schöner wurde es dadurch nicht.

Er sollte dringend aufräumen, die Pflanzen gießen
oder gleich entsorgen. Anderthalb Sekunden lang erwog

er das ernsthaft, fasste dann aber einen anderen Entschluss.

Genauso gut könnte er die Zeitung doch auch im Büro lesen – gewissermaßen in der Dienstzeit. Es würde sicher einen guten Eindruck machen, wenn er am Tag seiner Rückkehr in die Villinger Redaktion als Erster an seinem Schreibtisch säße.

Nach einer Katzenwäsche, zehn Radfahrminuten, einem Kaffee und einem Croissant beim Stehimbiss kam er um neun in die Redaktion: Erster!

Nun las er sich sorgfältig die Zeitung durch.

Er überlegte. Weisser war tot. Aber was bedeutete das für das Rätsel – und für das Geld? Wenn Weisser ermordet worden war – hieß das, dass der Mörder sich das Geld unter den Nagel gerissen hatte? Oder dass das Erbe aufgrund von Weissers plötzlichem Ableben ganz normal unter den Geschwistern aufgeteilt wurde? Andererseits hatte der alte Mann neulich gesagt, er habe die Kinder bereits enterbt …

Schließlich stieß Riesle auf den Artikel, zu dem er gestern Abend die Informationen noch schnell telefonisch durchgegeben hatte. Daraus hätte ich aber mehr gemacht, dachte er. Der Text war sachlich gehalten und kam ganz ohne Spekulationen oder farbige Schilderungen aus. Alles zu sachlich, zu wenig bunt. »75-Jähriger wurde ermordet«, lautete die Überschrift des Textes auf der Baden-Württemberg-Seite. »Der an seinem 75. Geburtstag tot aufgefundene ehemalige St. Georgener (Schwarzwald-Baar-Kreis) Gemeinderat Kurt Weisser ist ermordet worden. Dies ergab die gestern abgeschlossene Obduktion. Über Motiv und Täter ist bislang nichts bekannt.« Und drei weitere dünne

Sätze. Nichts von der Torte, nichts von dem Rätsel.

Na ja, so wollte es der Chefredakteur wohl.

Schnarcher!, dachte Riesle verächtlich und blätterte weiter. Der Ministerpräsident besuchte die Südwest Messe, die Aussteller waren bislang sehr zufrieden, »Dr. Quincy and His Lemon Shakers« hatten bei ihrem Auftritt im Großen Festzelt für Rock-'n'-Roll-Begeisterungsstürme gesorgt – wie jedes Jahr, wenn die große Verbraucherschau für neun Tage das Geschehen in der Stadt dominierte.

Etwas Außergewöhnliches wollte Riesle weder auf den redaktionellen Seiten noch im Anzeigenteil auffallen, weshalb er die Zeitung bald zuklappte und sich fragte, wann wohl der Erste seiner Kollegen eintreffen würde.

Dann streifte sein Blick die Glückwunschanzeigen, die sich auf der letzten Seite der Zeitung befanden.

»Leute, sperrt die Hühner ein – der Kevin hat den Führerschein«, hieß es in der einen, in der das Bild eines jungen Mannes abgedruckt war.

Ganz offenbar Kevin.

»Kaum zu glauben, aber wahr – Tante Trudi aus Hochemmingen wird heut 65 Jahr'«, lautete der Text daneben in verbesserungswürdigem Versmaß.

Die abgebildete Tante Trudi war offenbar bäuerlicher Herkunft, strahlte etwas Urgemütliches und Zufriedenes aus. Die hatte sicher kein Problem mit ihrem Alter.

Klaus schüttelte den Kopf über die Hobbydichtungen.

Zwar sorgten solche Annoncen, worauf er immer wieder vom Anzeigenleiter der Zeitung hingewiesen wurde, auch für sein Gehalt. Er hoffte gleichwohl, nie selbst auf diese Weise gegrüßt zu werden.

»Moin, Klausi. Sehnsucht nach uns gehabt, wie?«, erkundigte sich Petra Lorenz, eine Redakteurin, deren Dauer-Gute-Laune Klaus schon in den ersten Minuten nach der mehrwöchigen Pause gehörig auf die Nerven ging.

»Ja, ja«, murmelte er und stellte sich schon innerlich auf einen langen Monolog der Kollegin ein. Doch da traf sein Blick doch noch auf einen Bekannten. Auf der letzten Zeitungsseite war ein Mann abgebildet, den er vorgestern gesehen hatte – nur war er da wesentlich älter gewesen. Nachdem Riesle den Text der zugehörigen Glückwunschanzeige zweimal gelesen hatte, war er wie elektrisiert.

Das Schwarz-Weiß-Foto zeigte einen Mann um die dreißig in einer Schwarzwaldtracht. Neben ihm stand eine typische Schwarzwälderin, ebenfalls in Tracht und mit Bollenhut. Die beiden posierten vor einem Haus, von dem nur ein Ausschnitt zu erkennen war, und lächelten in die Kamera.

Der Mann war ganz eindeutig der ermordete Ex-gemeinderat Kurt Weisser.

»Das Rätsel«, flüsterte Riesle. »Das ist der Anfang ... «

Er würde sofort nachforschen müssen, wann und von wem die Anzeige aufgegeben worden war.

Dass der erste Hinweis auf das Rätsel tatsächlich erschienen war, könnte doch bedeuten, dass das Geld des alten Weisser noch irgendwo versteckt war, oder?

Aus dem Text wurde Riesle jedoch nicht ganz schlau:
Die Huetfarbe ändere sich,
die Liebe nit.

En schöne Dag –
wo waret mir da?
Fahret hin nit nur –
findet auch die Spur.

Für einen kurzen Moment zögerte er, doch dann begriff er immerhin so viel: Wer das Geld wollte, musste sich beeilen.

Die Kinder des alten Weisser sind sicher schon unterwegs, überlegte Riesle. Vielleicht würde ihm Hubertus helfen können … Er riss die Anzeige aus und sprintete los.

»Ich muss weg«, sagte er zu seinen Kollegen und wiederholte den Satz, als er auf der Treppe fast den Lokalredaktionsleiter umgerannt hätte.

»Ja, wie?«, entgegnete der, erntete jedoch nur ein: »Ich melde mich übers Handy!«

Die Kollegin Steffi aus der Anzeigenabteilung war gerade in ein Kundengespräch mit einer mitteilungsbedürftigen älteren Dame verwickelt.

Das konnte dauern.

Die Fragen, wer wann, wie und wo die Anzeige aufgegeben hatte, waren wichtig. Die Lösung des Rätsels hingegen war eilig.

Sehr eilig sogar.

Mit dem Fahrrad sauste Riesle quer durch die Fußgängerzone. Er kam etwa hundert Meter weit, doch am Marktplatz, der im Volksmund Latschariplatz genannt wurde, lief ihm plötzlich eine Politesse in den Weg. Riesle bremste zwar noch, erwischte sie aber am linken Bein. Beide purzelten zu Boden.

Ihm blieb keine Zeit, um groß nachzudenken. Des-

63

halb rappelte er sich schnell auf, griff sich das Rad und fuhr los.

»Halt!«, rief sie ihm hinterher. »Stehen bleiben!«

Morgen ist das eh vergessen, dachte der Journalist.

Solche Räder gab es viele. Eine Fahndung mit Phantombild würde die Polizei wegen dieser Lappalie ganz gewiss nicht veranstalten.

»Halt!«, rief die Politesse nun schon recht zornig. Und dann: »Herr Riesle – ich kenne Sie aus der Zeitung!«

Riesle erschrak beträchtlich, verfluchte die Tatsache, dass der Schwarzwälder Kurier seit einiger Zeit bei Kommentaren immer das Bild des jeweiligen Redakteurs abdruckte, und dachte dann: Kommt jetzt auch nicht mehr drauf an …

Er beschleunigte und fuhr mit Höchstgeschwindigkeit durch die Niedere Straße, bog am Amtsgericht rechts ab und radelte nun auf den Schulhof des Gymnasiums am Romäusring, in dem Hubertus unterrichtete.

»Halt!«, rief der Schulhausmeister, der im blauen Kittel und mit einem überdimensionalen Besen gerade sein Reich fegte. »Das ist Schulgelände. Absteigen!«

Riesle erwog leise fluchend, den Mann einfach über den Haufen zu fahren, besann sich dann aber. Er hatte es schließlich eilig. So wich er aus, stellte sein Rad an die grau gestrichene Mauer und stürzte ins Gebäude.

Er hatte keine Ahnung, was Hubertus gerade unterrichtete, geschweige denn, wo …

In solchen Fällen gab es nur eines: das Sekretariat.

»Sie wünschen?«, fragte eine Dame mittleren Alters in routiniert-freundlichem Ton.

»Klaus Riesle, guten Tag. Wo unterrichtet Herr Hummel gerade?«

»Herr Hummel?«, fragte die Dame. »Jetzt?«

»Ja, jetzt. Es ist sehr dringend«, insistierte Riesle. »Quasi eine Familiensache.«

Die Dame sah auf ihren Bildschirm, murmelte: »Bei der 7b vielleicht«, und kramte dann in irgendwelchen Akten. »Wenn Sie noch fünfzehn Minuten warten könnten«, sagte sie. »Dann wäre große Pause und Herr Hummel vielleicht im Lehrerzimmer erreichbar.«

»Ich kann nicht warten«, sagte Riesle bedeutungsschwanger. »Mir ist auch egal, welche Klasse er unterrichtet. Ich muss nur wissen, wo!«

»Ich sehe gerade, es müsste die 9b sein. Gemeinschaftskunde. Raum 228 im Neubau. Es sind jetzt aber nur noch dreizehn Minuten bis zum Stundenende. Da könnten Sie doch wirklich …«

Riesle zuckte mit den Schultern, murmelte einen Dank und wandte sich ab.

»Moment!«, rief da die Sekretärin, die wieder auf den Monitor schaute. »Wenn mich nicht alles täuscht, hat er mit dem Kollegen Leitner getauscht. Nein, das war gestern.« Sie hackte auf der Tastatur herum. »Schauen Sie am besten draußen am Schwarzen Brett. Oder warten Sie halt doch die zwölf Minuten …«

Riesle, vom Radfahren schweißnass und zunehmend ungehalten, entdeckte ein rechteckiges Gerät auf ihrem Schreibtisch, das ihn entfernt an jenes erinnerte, mit dem er immer den Polizeifunk abzuhören pflegte. Es hatte einen roten Druckknopf.

»Was ist das?«, fragte er.

»Damit machen wir unsere Durchsagen. Warum?«

Noch im selben Moment hatte Riesle den Knopf gedrückt.

Hubertus, der in Raum 228 seinen Neuntklässlern gerade den Landtag nahezubringen versuchte, hörte zunächst nur ein Räuspern.

»Hummel!«, ertönte dann eine Stimme über Lautsprecher.

»Studien ... Oberstudienrat Hummel, sofort zum Sekretariat kommen ... äh, bitte.«

Ein Knacken beendete die Verbindung und ließ in Hubertus' Kopf fürchterliche Bilder entstehen. Der kleine Maximilian, hilflos, verletzt. Daneben Martina, weinend, überfordert, die in der Schule anrief und nach ihm verlangte.

Er geriet in Panik und wandte sich an seine Schüler: »Ihr habt es auch gehört: Die Stunde ist vorbei, ich muss weg ...«

Hektisch packte er seine Tasche, stürmte zur Tür und ließ einen Haufen pubertierender Teenager zurück, die sich in den grellsten Farben ausmalten, was passiert sein könnte.

Als er um die Ecke zum Rektorat bog, stieß er mit Riesle zusammen, der nach seiner eigenmächtigen Durchsage des Raumes verwiesen worden war.

»Du?«, fragte Hummel und erinnerte sich, dass ihm die Stimme irgendwie bekannt vorgekommen war.

An Riesle hatte er aber nun wirklich nicht gedacht. Warum auch?

»Es ist ein Notfall ...«, setzte der Journalist an.

»Maxi?« Hummel sah ihn mit schreckgeweiteten Pupillen an.

»Martina? Oder Elke? Nun sag doch schon!«

Riesle legte beschwichtigend die Hand auf seine Schulter.

»Nun beruhige dich doch. Allen geht's gut. Es geht um unser Geld. Hast du den Kurier gelesen? Ach, nein«, korrigierte er sich. »Du konntest mit der Anzeige natürlich nichts anfangen. Schließlich hast du Weisser ja noch nie gesehen …«

»Mit meiner Familie ist aber alles okay?«, unterbrach Hubertus und zog Klaus vom Rektorat weg. Als sein Freund das nochmals bejahte, atmete er tief durch und wollte eben zu einer Schimpftirade ansetzen.

Doch Riesle drängte: »Huby, es eilt!«

Währenddessen klingelte es zur großen Pause, und aus allen Klassenzimmern strömten Schüler. Die aus den niedrigeren Klassen emsiger, als könnten sie es kaum erwarten. Die älteren Semester hingegen mit den gemessenen Schritten derjenigen, die ihre Schulzeit bald hinter sich hatten.

Die beiden ließen sich von dem Strom hinunter auf den Schulhof treiben, während Klaus seinen Freund einweihte.

»Das Rätsel hat begonnen, Hubertus! Ab sofort geht's um jede Minute. Weissers Kinder haben möglicherweise einen Vorsprung. Wir müssen uns also beeilen.«

Er zog die Anzeige aus der Tasche und zeigte sie Hubertus.

»Der auf dem Bild ist Weisser. Das Bild ist einige Jahre alt. Aber was bedeutet der Text?«

Hummel las sich alles sorgfältig durch. »Hutfarben«, murmelte er dann. »Liebe, fahret hin, Spur. Hm …«

Nach einer Ermahnung an die Unter-sechzehn-Jährigen, die an der Raucherecke gerade etwas gegen ihre

Gesundheit taten, zog er Riesle vom Schulhof weg in Richtung Stadtmauer.

»Ist doch klar!«, meinte er dann. »Es geht um den Tag, an dem das Foto aufgenommen wurde. Ich glaube ...«

»Na toll!«, sagte Riesle. »Darauf bin ich auch schon gekommen. Aber was war das für ein Tag? Das können ja wohl nur Weissers Kinder wissen. So ein Mist!«

»Übrigens habe ich heute Morgen gelesen, dass es tatsächlich Mord war. Das ist ja schrecklich! Ich glaube nicht, dass ich aus einem Mord Profit schlagen möchte. Sollen wir diesmal nicht einfach Kommissar Müller das Feld überlassen?«

Dann räusperte er sich. »Das Gespräch gestern mit dem Bürgermeister hat nichts ergeben.«

In Wirklichkeit hatte Hubertus zweimal Anlauf genommen, im Rathaus anzurufen. Allerdings hatte ihn beide Male der Mut verlassen, und er hatte aufgelegt, sobald sich am anderen Ende jemand gemeldet hatte.

Riesle ignorierte ihn. »›Hutfarben ändern sich, die Liebe nicht.‹ Was soll denn das?«

»Hör mal zu, Klaus! Ich habe moralische Bedenken. Ich möchte nicht von einem Mord profitieren, auch wenn das Rätsel bereits vor dem Mord ...«

»Müller das Feld überlassen? Dieser trüben Tasse? Nie!« Klaus sah seinen Freund eindringlich an. »Aber vielleicht können wir ja zwei Fliegen mit einer Klappe schlagen: ein gutes Werk tun und außerdem Geld scheffeln. Also komm, lass dir gefälligst was einfallen!«

Zwar setzte Hummel immer noch seine Bedenkenträgermiene auf, war aber immerhin bereit, sich eingehender mit der Anzeige zu befassen.

Riesle hatte ohnehin den Eindruck, als wisse Hubertus bereits mehr als er.

»Ist doch sonnenklar«, sagte Hummel leicht überheblich. »Hutfarben, die sich ändern. Die Frau, offenbar Frau Weisser, hat ja einen Bollenhut auf!«

»Ja, und?«

»Wann ändern sich die Farben auf dem Bollenhut von Rot zu Schwarz?«

»Warte mal …« Riesle versuchte sich zu erinnern, was Hubertus nur noch mehr Oberwasser gab.

Dieser lehnte sich lässig an die Stadtmauer. »Da merkt man, dass du kein echter Schwarzwälder bist«, sagte er von oben herab. »Die Farben ändern sich bei der Hochzeit. Man sieht auf dem Bild zwar nicht so genau, ob Frau Weisser rote oder schwarze Bollen auf dem Hut hat. Aber ich wette, es sind schwarze. Das ist ein Bild vom Hochzeitstag der Weissers. Das passt doch auch zum Rätsel!«

Riesle überhörte den bissigen Kommentar geflissentlich. »Prima! Dann müssen wir nur noch rauskriegen, wo das Bild gemacht wurde, das heißt, wo sie ihre Hochzeit gefeiert haben. Und dann: ›Fahret hin nicht nur – findet auch die Spur‹.«

Doch Hubertus hatte noch einen Trumpf im Ärmel: »Oder wir bekommen anhand des Fotos heraus, wo das Bild gemacht wurde.«

Riesle betrachtete es eingehender: »Na ja – viel sieht man ja nicht vom Hintergrund. Es wirkt wie ein typisches Schwarzwaldhaus, und davon gibt es jede Menge.«

»Für einen Laien vielleicht«, kostete Hummel sein Wissen weiter aus. »Für mich aber nicht. Die Trachten mit Bollenhut gibt's nur in Gutach, Wolfach-Kirnbach und Hornberg-Reichenbach ...«

»Zähl doch gleich noch die Straßen auf«, unterbrach Klaus ihn genervt.

Doch Hubertus ließ sich nicht beirren. »Und ich wette, in dieser Gegend ist auch das Foto entstanden. Wenn mich nicht alles täuscht, sieht man nämlich im Hintergrund das Freilichtmuseum Vogtsbauernhof.«

»Woher willst du das denn wissen?«

»Weil ich mit wachen Augen durch den Schwarzwald laufe, mein Lieber. Vor einem halben Jahr war ich das letzte Mal dort. Da gehen nämlich nicht nur Japaner und Amis hin, sondern auch Einheimische. Und manche feiern offenbar auch ihre Hochzeit dort.«

Er plusterte sich etwas auf. »Das Strohdach ist ziemlich ungewöhnlich.«

Riesle blieb skeptisch: »Und das hat sich in den letzten Jahrzehnten nicht verändert? Das Bild ist doch mindestens vierzig Jahre alt.«

»Das ist ein Museum, Klaus«, sagte Hummel. »Das muss so bleiben. Das gibt's schon seit fast fünfzig Jahren, glaube ich. Und den Hof sogar schon seit Jahrhunderten.«

Riesle schien tatsächlich überzeugt. »Na gut, dann nichts wie hin!«

»Wie, nichts wie hin? Ich habe jetzt zwar zwei Freistunden, aber in der sechsten wieder Unterricht.«

»Dreihunderttausend Euro, Huby«, konterte Riesle. »Hundertfünfzigtausend für jeden – und einen Mord klären wir damit eventuell auch noch auf.«

»Schon, schon«, meinte Hummel. »Aber ich bin Beamter und kann mir nicht erlauben ...«

»Ja, ja – bis dahin sind wir sicher wieder zurück«, versuchte Riesle die Bedenken seines Freundes zu zerstreuen. Als er dann noch an Hubertus' Gerechtigkeitssinn appellierte (»Nur ein echter Schwarzwaldkenner verdient das Geld!«), gab dieser schließlich klein bei.

Doch das nächste Problem wartete schon: »Wir haben aber beide derzeit keinen Führerschein, Klaus!«, rief Hubertus, und hier war auch Klaus' Überzeugungskraft vorläufig am Ende.

Vorläufig!

»Auf gar keinen Fall fahre ich euch nach Gutach!«, rief Martina, als die beiden keuchend vor ihr standen und von ihrem Plan berichteten. »In drei Tagen heiraten wir, und fast die komplette Vorbereitung bleibt an mir hängen!«

»Martina, es geht um die Aufklärung eines Mordes und um viel Geld.«

»Ich fahre euch nicht. Außerdem muss Maxi alle drei Stunden gestillt werden«, wandte Martina ein.

»Dann nehmen wir ihn eben mit«, entschied Riesle kurzerhand.

Wie es ihm gelang, nach Hubertus auch noch Martina zu überzeugen, wusste er hinterher selbst nicht mehr genau.

Wahrscheinlich, weil er mehrfach betonte, dass ein echtes Schwarzwaldkind nicht früh genug seine Heimat kennenlernen konnte.

Wahrscheinlich aber auch, weil er die dreihunderttausend Euro so oft erwähnte, dass Hubertus sich wieder einmal im Geiste vor seiner Schwarzwaldhütte sitzen sah, den Enkel zu Füßen. Martina war insgeheim ganz froh darüber, bei der Betreuung ihres Sohns Unterstützung zu bekommen. Hochzeitsvorbereitungen zu treffen war mit dem Kleinen auf dem Arm nur bedingt möglich. Gerade an diesem Morgen war Maximilian wieder sehr anstrengend gewesen. Und das Autofahren liebte er.

Und Hubertus liebte es, bei seinem Enkel zu sein.

10. VOGTSBAUERNHOF

Johannes Weisser hatte gleich zwei Vorteile gegenüber dem Quartett in Hummels Astra Caravan. Bei der Lektüre des Schwarzwälder Kuriers hatte er das Foto seiner Eltern sofort erkannt und sich an Erzählungen von ihrem Hochzeitsausflug erinnert, der sie nach Gutach geführt hatte. Dabei hatten sich die Eltern für den Schnappschuss die örtlichen Trachten geliehen. Das zweite Plus war sein Auto: Mit dem Z4 Roadster war er mehr als doppelt so schnell wie seine Kontrahenten, von denen er nichts wusste.

Dennoch fluchte er.

Zwei Nächte länger als ursprünglich geplant war er nun schon in diesem Kaff geblieben. Aber er würde um sein Geld kämpfen. Bereits am Morgen hatte er sich telefonisch mit einem Anwalt beraten, der ihm erklärt hatte, er habe trotz der offenbar vor dem Tod erfolgten faktischen Entnahme oder Verschenkung des Geldes durch seinen Vater einen »Pflichtteilsergänzungsanspruch«.

Die ganze Sache gestaltete sich allerdings schwierig. Das Navigationssystem seines Wagens hatte ihn nämlich zunächst in das falsche Gutach geleitet – in den Breisgau.

Das hatte ihn mindestens eine Stunde gekostet.

Johannes Weisser seufzte, drehte die CD-Stimme von Maria Callas leiser und rief seinen Lebensgefährten in

Köln an, um ihm begreiflich zu machen, dass er noch eine Weile in dieser »schrecklichen Einöde« bleiben müsse.

Er würde ihm schon mehr als den üblichen Schwarzwälder Touristennepp mitbringen müssen, um ihn wieder zu besänftigen. Wobei Dietrich eine Kuckucksuhr sicher als »schrill« empfunden hätte. Er liebte Kitsch, wusste aber auch echte Qualität zu einem entsprechenden Preis zu schätzen. Mit den dreihunderttausend Euro wäre durchaus einiges drin.

Als er auf den überdimensionierten Parkplatz des Vogtsbauernhofs zwischen Hausach und Gutach einbog, war seine Stimmung keineswegs besser.

Dietrich hatte ihm gerade eine regelrechte Szene gemacht, und nun entdeckte er zu allem Überfluss auch noch jemanden, den er überhaupt nicht treffen wollte: Schwester und Schwager in ihrem roten Porsche Cayenne.

Er tat so, als würde er sie nicht bemerken, und verlustierte sich eine Weile im Andenkenshop. Dann machte er sich auf den Weg zum Empfangsgebäude.

O nein! Vor sich an der Kasse sah er den Journalisten, der sich am Geburts- und Todestag seines Vaters so seltsam verhalten hatte und nun mit der Angestellten herumstritt.

»Zwei Erwachsene und zwei minderjährige Kinder, darunter ein kostenbefreiter Säugling – warum sollten wir da keine Familienkarte bekommen?«

»Weil Sie zwei Männer sind. Eine Familie besteht aus Vater, Mutter und mindestens einem Kind.«

Maxi weinte, obwohl sie unterwegs zweimal gehalten hatten und ihm Martina die Brust gegeben hatte, weil er so unruhig gewesen war. Riesle argumentierte weiter: »Na ja, aber wir könnten doch schwul sein und die beiden adoptiert haben ...«

Hummel war die Situation mehr als unangenehm, und er drehte sich unauffällig nach der Schlange um, die sich hinter ihnen gebildet hatte. »Schluss mit dem Quatsch, Klaus!«, sagte er dann. »Natürlich sind wir nicht schwul. Ich zahle für dich.«

Klaus wurde seit der Trennung von Kerstin immer knauseriger.

Hubertus Hummel schaute auf die Preistafel. »Zwei Erwachsene, ein Kind. Zweimal fünf macht zehn, drei fünfzig für Martina, macht dreizehn Euro fünfzig.«

Die Dame an der Kasse war nicht so leicht aus der Ruhe zu bringen: »Sind Sie minderjährig?«, wandte sie sich an Martina, die Maximilians Tragesitz vorsichtig hin und her schwenkte, um den Kleinen zu beruhigen.

»Ja, also fast, ähm, neunzehn, um genau zu sein.«

»Das macht dann fünfzehn Euro, bitte.«

Hummel zahlte widerspruchslos und zog Klaus beiseite.

»Eine Familienkarte hätte elf Euro gekostet. Vier Euro für nichts«, maulte der. »Und wenn ich meinen Presseausweis nicht vergessen hätte, wäre ich eh umsonst reingekommen.«

Hubertus tippte sich an die Stirn. »Und dafür soll ich so tun, als wäre ich schwul? Also, nicht dass ich was gegen Schwule hätte. Immerhin sind wir beide mit einem schwulen Theaterregisseur befreundet. Aber ich selbst bin's deshalb noch lange nicht. Aber jetzt lass uns endlich den Hinweis suchen. Sonst schaffe ich es nie und nimmer rechtzeitig zurück.« Ein Blick auf die Armbanduhr verriet ihm, dass gleich die sechste Stunde beginnen würde.

»Wartet einen Moment. Ich muss mal telefonieren«, sagte er. Da sich gerade eine Gruppe Italiener lautstark an der Museumskasse versammelte, ging er ins nächstbeste Gebäude. Hier war er hoffentlich ungestört.

Er zog sein Handy heraus, vergewisserte sich, dass seine Rufnummer nicht im Display des Angerufenen angezeigt wurde, und wählte dann die Nummer des Romäusring-Gymnasiums.

Er hasste bei seinen Schülern vor allem zwei Dinge: unentschuldigtes Fehlen und entschuldigtes Fehlen unter Vortäuschung falscher Tatsachen.

Dementsprechend scheußlich fühlte er sich, als er in die Sprechmuschel seines Handys flüsterte: »Hallo, Frau Storz, ich bin schon zu Hause.« Er räusperte sich und fuhr dann mit gedämpfter Stimme fort: »Nein, es ist nichts Schlimmes, Frau Storz. Nur … äh … meiner Tochter geht es nicht gut. Hat ganz plötzlich Migräne bekommen! Ich muss mich … ähm … um meinen Enkel kümmern.« Er überlegte kurz weiter, sagte dann: »Meine Frau ist blöderweise gerade außer Haus. Und irgendjemand muss ja nach Maximilian schauen.«

Hatte er jetzt wirklich alles bedacht?

»Wie bitte? Ja, genau, deshalb hat mich der Mann vorhin auch ausrufen lassen. Das war ein Verwandter von mir, der war eben ziemlich in Sorge …«

Hubertus räusperte sich ein weiteres Mal. Auf eine Lüge mehr oder weniger kam es jetzt auch nicht mehr an. Doch Frau Storz schien ihm Glauben zu schenken und gab ihm sogar noch ein paar Tipps zur Behandlung von Martinas Kopfschmerzen.

Als Hubertus wieder am Empfangsgebäude erschien, hielt Martina im einen Arm Maximilian. Mit der anderen Hand betupfte sie Klaus' kariertes Hemd.

Der machte ein sauertöpfisches Gesicht. »Na, endlich, wo bleibst du denn? Martina musste mal eben auf Toilette und hat mir deinen Enkel in den Arm gedrückt. Und schwups, hat er seinen Mageninhalt auf meiner Schulter entleert.«

Hubertus kümmerte sich gar nicht um Klaus. »Oje, armer kleiner Maxi«, murmelte er und strich dem Enkel besorgt über das verschwitzte Gesicht. »Geht's dir jetzt besser? Nein, du kommst nicht mehr auf den Arm dieses Kinderfeindes.«

»Statt Duzi-Duzi zu machen, sollten wir uns lieber mal um das Foto kümmern«, schimpfte Klaus.

Seine Laune war im Keller, weil sein Redaktionsleiter sich am Telefon eben pikiert gezeigt hatte, dass Riesle, statt Bürodienst zu machen, wieder »in der Landschaft herumturnte«, wie sich der Chef ausdrückte.

Anschließend hatte ihn Steffi aus der Anzeigenabteilung wissen lassen, dass er sie grundsätzlich wohl nur noch beachte, wenn er eine Auskunft von ihr brauche. Immerhin hatte sie gewusst, dass die Anzeige mit dem Reim vor fünf Tagen aufgegeben worden war – also noch zu Lebzeiten Weissers. Von wem, war jedoch nicht vermerkt worden, da der Inserent in bar gezahlt hatte.

Er würde Steffi demnächst mal zu einem Kaffee einladen, nahm sich Riesle vor. Vielleicht würde sie ihm ja sogar etwas über Kerstin hinweghelfen.

Aber jetzt gab es Wichtigeres. Er zog die herausgerissene Zeitungsseite mit der Anzeige aus der Tasche seiner beigefarbenen Dreiviertelhose.

Wenig später stand Klaus vor dem Haupthaus des Vogtsbauernhofes und blickte abwechselnd auf das Foto in seiner Hand und das Gebäude mit dem strohgedeckten Dach.

»Siehst du die Fensterreihen und die zwei unterbrochenen Holzbalustraden darüber?« Hubertus beugte sich über Klaus' Schulter. »Weiter oben der durchgängige Balkon mit den Wagenrädern. Die kannst du auch hinter den Weissers auf dem Foto erkennen. Einfach unverwechselbar. Hier müssen wir also suchen.«

»Fragt sich nur, wonach?«, mischte sich Martina ein, die den gerade wieder brüllenden Maximilian auf ihrem Arm auf- und abwippte.

Klaus zitierte noch einmal aus dem Gedicht:

»›En schöne Dag – wo waret mir da?‹ Diese Frage haben wir also beantwortet: Gutach! ›Fahret hin nit nur – findet auch die Spur.‹ Meinst du, Weisser könnte das Geld hier versteckt haben?«

»Glaube ich eigentlich nicht. Ich denke eher, wir stoßen in diesem Haus auf eine Spur, die wiederum zum Geld führt«, meinte Hubertus.

»Vielleicht konnte Weisser ja auch gar keine Spur mehr legen«, mutmaßte Klaus. »Die Anzeige kann er noch vor seinem Tod aufgegeben haben. Aber womöglich ist der Mörder Weisser zuvorgekommen und hat verhindert, dass dieser noch das Geld versteckt hat.«

»Also, ich finde, wir sollten uns primär auf die Suche nach dem Mörder konzentrieren. Natürlich ohne Maxi und Martina irgendeiner Gefahr auszusetzen …«

»Am besten, wir heften uns ab morgen diesen Weisser-Kindern an die Fersen«, sagte Klaus. Dann richtete er den Blick wieder auf die dunkle Holzfassade.

»Alfons + Regina aus Lüdenscheid. Wir waren auch hier, 4.7.1978«, las Hubertus eine neben den Eingang gekritzelte Botschaft und echauffierte sich: »Nicht zu fassen. Man sollte überhaupt keine Touristen mehr hier reinlassen! Also, das ist doch einfach ...«

»Papa?«, unterbrach Martina, die sich den Kleinen mit dem Tragetuch um den Bauch gebunden hatte und vor der Holzfassade kniete. »Vielleicht hat das hier ja was mit dem Rätsel zu tun? Hier sind nämlich ein paar interessante Botschaften. Jemand hat sich zum Beispiel schon 1967 verewigt. Kurt und Elisabeth.«

»Kurt! Kurt? Moment! Unser Weisser hieß doch auch Kurt. Und wie hieß gleich die Frau?«

»Elisabeth, da bin ich mir ganz sicher. Ihren Namen hatte Weisser neulich erwähnt«, sagte Klaus. »Aber wieso sollten ausgerechnet diese stockkonservativen Schwarzwälder hier etwas eingeritzt haben?«

»Du warst halt noch nie richtig jung und verliebt!«, bemerkte Martina grinsend.

Riesle blieb die Antwort schuldig.

Die beiden Männer knieten sich hin und betrachteten aufmerksam eine kleine Zeichnung, die offenbar eine Uhr darstellte. Hubertus las den Text vor, der daneben eingeritzt war: *Kurt und Elisabeth 6.4.1967. Zur Hochzeit diese Kuckucksuhr. Halten soll sie immerfort, so wie unser Liebesschwur.*

Während Johannes Weisser bereits das dritte Gebäude betrat, sank seine Laune weiter. Zum einen war er zwischen zwei Dutzend Italiener geraten, die bei jeder Neuentdeckung in einer beachtlichen Lautstärke »Bellissimo!« und »Che bello!« riefen und sich ihm immer wieder in den Weg stellten. Immerhin waren ein paar ansehnliche Jungs darunter.

Ob die sich von seinem schnittigen Sportwagen beeindrucken lassen würden?

Vorerst erschwerte ihm die Anwesenheit der Italiener jedoch, seine Schwester und den Schwager im Auge zu behalten – und das möglichst unauffällig.

Außerdem missfiel ihm dieses künstlich nachgebaute Schwarzwalddorf. Worauf sich Touristen aus aller Welt begierig stürzten, empfand Johannes Weisser schlicht als Sinnbild des Gestrigen, Kargen, Unaufgeklärten. Er wusste, warum er von hier weg- und in die Großstadt gezogen war.

Für ihn sah es überall gleich aus: dunkles Holz außen, dunkles Holz innen. Viel zu kleine Fenster, viel zu wenig Licht. Die Enge rief bei ihm unangenehme Erinnerungen an den Hof seiner Eltern und an seine Kindheit hervor. Bis heute hatte er nicht vergessen, wie der strenge Vater ihn und seine Geschwister oft in eine fensterlose Kammer gesperrt hatte, wenn sie etwas ausgefressen hatten.

Ein paar Häuser weiter hatte er seine Schwester aus den Augen verloren. Dafür entdeckte er wieder diesen Journalisten, der mit einem ziemlich korpulenten Mann und einer jungen Frau mit Baby vor dem Haupthaus herumlungerte.

Sie knieten vor der Holzfassade und schienen irgendwas entziffern zu wollen. Wahrscheinlich war der Journalist auch hinter dem Geld her. Schließlich war er beim Geburtstag seines Vaters gewesen und hatte mitbekommen, was der Vater ihnen über das Schwarzwaldrätsel verraten hatte.

Die Anzeige zu entdecken war für ihn wohl auch nicht weiter schwierig gewesen. Schließlich arbeitete er bei der Zeitung, in der das Foto erschienen war.

Johannes Weisser beobachtete, wie der Journalist einen Zettel aus der Hose zog, ihn gegen die Hausfassade hielt und darauf herumkritzelte.

Ein paar Minuten später gingen sie endlich davon.

Johannes Weisser blickte sich vorsichtig um. Er schlich an der Hausfassade entlang bis zu dem Punkt, wo der Journalist seine Notizen gemacht hatte. Dann las auch er die Botschaft.

»Zur Hochzeit diese Kuckucksuhr«, murmelte er vor sich hin.

Die Kuckucksuhren der Eltern!

Natürlich, in einer davon musste der Vater das Geld versteckt haben.

Vermutlich in seiner Lieblingsuhr im Schlafzimmer.

Warum hatte er dort nicht gleich nach dem Geld gesucht? Jetzt musste er rasch auf den Hof zurück, bevor der Journalist die Uhren entdeckte und sie auseinandernahm.

Er schaute sich nochmals um, ob die Schwester und der Schwager nicht irgendwo lauerten.

Dann suchte er sich vor dem Haus einen kleinen Stein und zerkratzte die Botschaft. Damit hatte er Maria und ihren Hamburger schon mal ausgeschaltet.

Wo mochte eigentlich sein jüngerer Bruder Christian stecken? Ob der schon wieder weg war?

Oder noch gar nicht da? Tja, ohne Auto …

Zum weiteren Nachdenken kam Johannes Weisser vorläufig nicht mehr.

Beim Zerkratzen der Botschaft hatte ihn ein Aufseher beobachtet, der ihn nun am Arm packte und zur Museumsleitung schleppte.

11. BAHNHOF SCHWENNINGEN

Christian Weisser stürmte auf das Foyer des Schwenninger Bahnhofsgebäudes zu.

»Geschlossen wegen Umbaumaßnahmen«, stand auf einem großen Schild. Hektisch sah er auf die große, in Glas eingefasste Uhr. Nur noch zwei Minuten bis zur Abfahrt. Nur wo fuhr hier ein Zug ab, wenn der Bahnhof geschlossen war? Dann entdeckte er ein weiteres Schild: »Zu den Zügen«.

Er hatte nicht einmal Zeit, eine Fahrkarte zu lösen. Das würde er im Zug nachholen müssen.

Er musste unbedingt die Elf-Uhr-Regionalbahn nach Rottweil erreichen, um von dort über Stuttgart nach Berlin zu fahren. Hauptsache, weg von hier.

Der Zug nach Rottweil fuhr von Gleis eins.

Schon sah Christian Weisser den Triebwagen anrollen und hörte die Stimme im Lautsprecher, die mit starkem Dialekteinschlag auf die Einfahrt des Zuges hinwies.

Normalerweise hätte er keine Probleme gehabt, die Bahn zu erreichen. Auch sein kleiner Rollkoffer hätte ihn wohl kaum aufgehalten. Allerdings bereitete ihm das große, braune Paket, das er mit nach Berlin nehmen wollte, einige Schwierigkeiten.

Gerade als er die letzten Meter zum Zug zurücklegte, hörte er den schrillen Pfiff des Schaffners.

Ein kräftiger Schwung – und er war im Inneren. Geschafft!

83

Doch noch bevor sich die Türen schlossen, schrie jemand: »Halt!«

Die Hand, die ihn an der Schulter packte, schien einer kräftigen Person zu gehören. Christian geriet in Rücklage, drohte auf den Bahnsteig zu stürzen. Dann ertönte wieder ein lauter Ruf: »Hier spricht die Polizei! Halten Sie den Zug an!«

Christian Weisser fiel weich, denn er fiel in die Arme von gleich mehreren Polizisten. Neben den Uniformierten stand ein Mann in Zivil, der ihm seinen Dienstausweis vors Gesicht hielt.

»Sind Sie Herr Weisser? Christian Weisser?«

Weisser nickte.

»Hauptkommissar Stefan Müller. Sie sind vorläufig festgenommen!«

12. UHRENSPUR

Argwöhnisch beobachtete Müller abwechselnd die grimmigen Züge des Mannes auf dem Gemälde und die Bewegungen seiner Mitarbeiter, die gerade die Weisser-Wohnstube auf den Kopf stellten.

Hatten sie wirklich alle Handschuhe an? Waren sie auch sorgfältig genug? Womöglich übersahen sie ein wichtiges Detail!

Am liebsten hätte er alles selbst gemacht. Im Grunde konnte man sich auf niemanden mehr verlassen – außer vielleicht auf Kommissar Winterhalter, den Mann für die Spurensicherung. Immerhin war er endlich seinen Kollegen Brüderle los, denn der war vor ein paar Monaten versetzt worden. Bei dem hatte Müller immer befürchten müssen, dass er eine Verschwörung gegen ihn anzettelte.

»Präzision ist alles, Winterhalter. Wir dürfen nichts, aber auch gar nichts übersehen. Zumal der Arzt zunächst von einer natürlichen Todesursache ausgegangen ist. Zum Glück ist wenigstens dem Bestatter aufgefallen, dass mit dieser Leiche etwas nicht stimmte und dass sie diese Hämatome am Hals hatte.«

Der Kriminaltechniker nickte und sprach weiter stoisch und ausnahmsweise in einigermaßen verständlichem Hochdeutsch den Tatbefundbericht in sein Diktiergerät: »Reste der Schwarzwälder Kirschtorte noch auf Kuchenplatte auf Tisch in Wohnstube. Stopp. Mir habet Proben des Biskuits und der Sahne entnommen. Stopp. Geht ans Labor des gerichtsmedizinischen Instituts Freiburg. Stopp.«

Die Holzdielen knarzten, als sich Hauptkommissar Müller dem Gemälde des Urgroßvaters näherte. Er zog das Foto des verstorbenen Kurt Weisser aus der Tasche. Er sah wirklich fürchterlich aus mit dem tortenverschmierten Gesicht. Aber dennoch verblüffend, diese Ähnlichkeit.

Dann steckte er das Foto wieder ein und musterte Winterhalter, der gerade eine alte Kommode durchstöberte.

»Zum Glück haben wir schnell gehandelt, die Leiche beschlagnahmt und, nachdem das Obduktionsergebnis feststand, sicherheitshalber den jüngeren Sohn festgenommen«, sagte Müller.

Ihm wurde schlecht bei dem Gedanken, dass er selbst die Leiche zur Obduktion hatte begleiten und das Prozedere überwachen müssen. Es war zwar nicht das erste Mal gewesen, aber an das Aufschneiden von Körpern würde er sich nie gewöhnen.

Als der Gerichtsmediziner damit begonnen hatte, die Schädeldecke aufzusägen, war Müller in einen Nebenraum geflüchtet, von wo aus er das Ganze durch eine Glasscheibe beobachten konnte. Allein das hatte ihm schon gereicht. Er ärgerte sich. Eigentlich wäre das die Aufgabe des Staatsanwalts gewesen, doch der hatte sie an Müller delegiert.

Winterhalter blickte von der Kommode auf: »Jo, Chef, auch wenn die Feschtnahm vo dem Sohn uf'em Schwenninger Bahnhof natürlich für g'höriges Aufsehe g'sorgt hät. War aber schon verdächtig, dass der junge

Weisser so plötzlich hät abreise wolle. Und dann mit diesem Paket. Und noch vor de Beerdigung vo seinem Vater.«

Müller nickte. »Höchst verdächtig! Und deshalb dürfen wir jetzt nichts übersehen. Bis jetzt besteht nur ein Anfangsverdacht. Wir brauchen Beweise, um diesen Christian Weisser zu überführen.«

Der Hauptkommissar betrachtete ein Foto, auf dem eine junge Frau und zwei Männer abgebildet waren. Kein Zweifel: Der eine davon war Christian Weisser, die anderen beiden mussten seine Geschwister sein. Alle dem Urgroßvater wie aus dem Gesicht geschnitten, dachte Müller.

»Nichts übersehen, Kollegen. Genau hinschauen«, mahnte er nochmals, setzte sich an den Kachelofen und schlug den Bericht auf, den der St. Georgener Polizist nach dem Fund der Leiche geschrieben hatte.

»Der St. Georgener Bürgermeister und der Lokaljournalist Klaus Riesle haben angegeben …«, las er leise vor sich hin. Herrje, das hatte er beim ersten Mal glatt überlesen. Von wegen Präzision.

Wieder mal hatte dieser schmierige Reporter Riesle seine Finger im Spiel. Das würde die Spurensuche noch zusätzlich erschweren. Bestimmt hatte der hier alles durcheinandergebracht.

Müller beschloss, ihn sich baldmöglichst vorzuknöpfen.

Den Bürgermeister hatten sie bereits vernommen.

Er hatte zwar ausgesagt, es habe zwischen Weisser und den Kindern »eine Meinungsverschiedenheit« gegeben. Dass diese aber etwas mit dem Tod des Vaters zu tun haben könnte, hatte er stark bezweifelt. Dass er selbst etwas mit dem Tod zu tun haben könnte, natürlich noch stärker.

Immerhin hatte er von sich aus erwähnt, dass seine Gemeinde nun in den Besitz eines schönen Schwarzwaldhofes käme, wo demnächst ein Uhrenmuseum eröffnen werde.

Als sich die Kollegen das Obergeschoss vornahmen, schien Hauptkommissar Müller schon etwas resigniert.

In der Wohnstube hatten sie kaum brauchbare Spuren entdeckt. Ein paar Sahnespritzer an der holzgetäfelten Wand waren der auffälligste Fund gewesen. Ein Hinweis darauf, dass zwischen dem Opfer und dem Mörder ein Kampf stattgefunden hatte. Das hatte auch das Obduktionsergebnis bestätigt.

Der Gerichtsmediziner war sich sicher gewesen: Jemand hatte Weisser von hinten am Hals gepackt und seinen Kopf in die Torte gesteckt, bis er erstickt war.

»Durchsucht jeden Fleck, ich will, dass ihr alles auf den Kopf stellt. Wenn ihr nichts findet, dann dürft ihr demnächst den Verkehr an der Südwest Messe regeln.«

Müllers Laune wurde immer schlechter. Falls er mit leeren Händen ins Kommissariat zurückkehren sollte, würde er den jungen Weisser-Sohn wieder laufen lassen müssen. Und wie sein Chef, der Polizeipräsident, darauf reagieren würde, wollte er sich lieber nicht vorstellen.

Vermutlich würde der mal wieder eine Pressekonferenz einberufen, auf der Müller die spärlichen Ermittlungsergebnisse würde schönreden müssen.

Er seufzte kurz. Im Grunde war er durch und durch urlaubsreif.

Ach was, eigentlich war er reif für die Frühpension

und für die Scheidung von seiner zunehmend unzufriedeneren Frau ohnehin.

Reif für die Insel.

»Nehmen Sie sich auch den Garten vor«, befahl Müller einem Beamten. »Vielleicht finden sich dort ein paar Fußspuren.«

Als sie bereits zwei Abstellkammern durchwühlt und auch die trostlose Toilette besichtigt hatten, vernahmen sie raschelnde Geräusche.

»Seid mal einen Moment still«, befahl Müller. Plötzlich war nichts mehr zu hören.

»Des sind Mäus oder Siebenschläfer, Chef. Des Haus isch jo scho uralt. Do wimmelt's in jedem Hohlraum vo irgendwelche Viecher«, versuchte Winterhalter ihn zu beruhigen.

Müller legte dennoch die Stirn in Falten, ging hinaus auf den Gang und steuerte die Tür zum letzten Zimmer an, das sie noch nicht besichtigt hatten. Von dort schienen die Geräusche gekommen zu sein.

Als er die alte Holztür öffnete, sah er nicht nur ein rustikales Doppelbett aus Holz, sondern auch ein offenes Fenster und einen schwarzen Handschuh auf dem Fensterbrett.

Dann verschwand der Handschuh. Denn der Mensch, dessen Hand darin steckte, ließ sich gerade nach unten fallen.

Müller war für einen Moment perplex. Doch dann reagierte er schnell, lief zum Fenster und prägte sich die Kleidung und die Gestalt des Mannes, der gerade über das hohe Gras in Richtung Fichtenwald lief, gut ein. Für einen kurzen Moment hatte er sein Gesicht gesehen.

Er rief die Kollegen zusammen und erteilte präzise

89

Anweisungen. »Sie, Sie und Sie nach draußen, Verfolgung aufnehmen! Ein Mann, etwa vierzig, lockiges dunkles Haar, dunkelgrauer Anzug, trägt weiße Slipper und schwarze Handschuhe, hat eine braune Sporttasche bei sich. Vermutlich hat er darin Gegenstände, die er aus dem Haus hat mitgehen lassen. Oder er hat versucht, Spuren zu verwischen. Und Sie« – mit der Hand wies er auf einen leicht übergewichtigen Kollegen, von dessen Einsatz bei der Verfolgungsjagd er sich keinen Erfolg versprach –, »Sie benachrichtigen die Kollegen im Präsidium. Die sollen sofort eine Fahndung herausgeben.«

Alle befolgten Müllers Anweisungen. Nur Winterhalter blieb zurück und untersuchte noch das Schlafzimmer.

»Schauet Sie mol, Chef.« Winterhalter zeigte auf die Wand gegenüber vom Bett.

»Wurde halt schon lange nicht mehr renoviert«, brummte Müller, ging zum offenen Fenster und beobachtete, wie die Kollegen in Richtung Wald spurteten. Für seinen Geschmack hätten sie ruhig ein bisschen schneller laufen können. Er nahm sich vor, seinen Mitarbeitern bei nächster Gelegenheit nahezulegen, der Betriebssportgruppe beizutreten.

»Schauet Sie doch mol genau hin«, wiederholte Winterhalter. Müller drehte sich um und ging zur Wand.

Winterhalter wies auf eine Stelle in Augenhöhe. »Do muss was g'hängt habe. Sonsch wär's an der Stell nit so hell.«

Müller wurde hellhörig. »Ein Gegenstand, den der Flüchtige vielleicht entfernt hat? Ein wertvolles Bild vielleicht?«

»Also, die Umrisse sind nit sehr scharf. Aber für mich hät des Ganze die Form von 'nem Häusle.«

»Ein Häuschen?« Müller war ratlos. »Ein Häuschen an einer Schlafzimmerwand?«

»Mir Schwarzwälder hänge eigentlich nur zweierlei Häusle auf«, erklärte Winterhalter. »Entweder des sind Wetterhäusle oder Kuckucksuhre. Die hän auch ä ähnliche Form.«

Warum sollte jemand hier eindringen, während die Polizei das Haus durchsuchte, um ein Wetterhäuschen oder eine Kuckucksuhr mitgehen zu lassen? Die müsste doch schon einen ungemeinen Wert haben, überlegte Müller und warf noch mal einen Blick durch das Fenster. Die Polizisten hatten endlich den Waldrand erreicht. Der Mann war allerdings schon längst zwischen den hohen Bäumen verschwunden.

Hoffentlich war bald die Verstärkung da.

Müller wusste: Je länger die Fahndung lief, umso geringer waren die Erfolgsaussichten.

Immerhin war er sich sicher, den Mann erkannt zu haben. Es war zweifelsohne der ältere Sohn des alten Weisser gewesen, den er zuvor auf dem Foto betrachtet hatte.

In diesem Moment trat der Beamte ein, der den Garten durchsucht und von der ganzen Verfolgungsjagd offensichtlich nichts mitbekommen hatte. Dafür hielt er dem Hauptkommissar einen offenen, stinkenden Plastikbeutel unter die Nase.

»Was soll das denn?«, fragte Müller barsch und hielt sich die Hand vor die Nase.

»Hab ich im Steingarten vor einem Baum gefunden, Chef. Fäkalien, Reste menschlicher Fäkalien. Vom

Opfer werden sie ja wohl kaum stammen, aber vielleicht vom Täter? Da müsste sich doch die DNA feststellen lassen.«

Müller war fassungslos. »Tun Sie's weg!«

13. MÜLLERS BESUCH

Gedankenverloren blickte Klaus Riesle aus dem Fenster seiner Redaktion. Im morgendlichen Sonnenlicht sahen die glitzernden Villinger Münstertürme besonders schön aus. Die freie Sicht auf die Zwillingstürme war aber fast schon der einzige Vorteil seines Arbeitsplatzes, denn das enge Großraumbüro empfand Riesle im Übrigen als extrem störend.

Außerdem ärgerten ihn gewisse Angewohnheiten seiner Redaktionskollegen, mit denen er das Büro teilte. Wolfgang war ein lieber Kerl, hatte aber eine Art eingebauten Lautsprecher. Seine Stimme beherrschte den Raum, wenn er telefonierte. Und gerade hatte er eine streitbare CDU-Stadträtin in der Leitung, was seine Grundlautstärke noch multiplizierte ...

Riesle blätterte die Zeitungsausgabe vom Vortag durch – ohne die Artikel wirklich zu lesen. Er dachte an Weissers Geld und daran, wer den Alten umgebracht haben könnte.

Bei der Frage nach dem Täter waren sie noch nicht sehr weit gekommen.

Verdächtig waren prinzipiell alle drei Kinder, die mit dem Ermordeten im Clinch lagen. Bei der Geldfrage war Riesle schon optimistischer. Er war sich sicher, dass Weisser das Geld in einer alten Kuckucksuhr versteckt hatte.

Doch die Suche danach gestaltete sich schwierig.

Denn als sie gestern nach der Uhr hatten suchen wollen, stand bereits ein großes Polizeiaufgebot inklusive Müllers Dienstwagen vor dem Weisser-Hof, weshalb sie schnell umgekehrt waren. Hoffentlich hatte der Kommissar nicht alle Uhren mitgenommen.

In diesem Moment betrat ausgerechnet Müller das Großraumbüro und bewegte sich direkt auf Riesles Schreibtisch zu.

»Die Kriminalpolizei höchstpersönlich, was verschafft mir die Ehre?«, begrüßte ihn Riesle überschwänglich.

»Sparen Sie sich die Begrüßungsfloskeln, Herr Riesle. Sagen Sie mir lieber, warum Sie mich nicht angerufen haben, als Sie den toten Weisser gefunden haben«, schnauzte ihn Müller an und setzte sich unaufgefordert auf einen Hartschalenstuhl, der vor Riesles Schreibtisch stand.

Die Kollegen beobachteten neugierig den Besucher. Sogar Wolfgang hatte für einen Moment innegehalten.

»Lassen Sie uns das in aller Ruhe im Konferenzzimmer besprechen. Bitte, hier entlang.«

Riesle öffnete die gläserne Tür zu dem sterilen Nebenraum.

Bevor er die Tür schloss, warf er seinen Kollegen einen demonstrativ verschwörerischen Blick zu.

»Kaffee?«, säuselte er dann.

»Nein danke. Lassen Sie uns lieber gleich zur Sache kommen. Hören Sie, für die Polizei und den Arzt, der den Totenschein ausgestellt hat, sah zunächst alles so aus, als wäre der Mann eines natürlichen Todes gestorben. Sie waren aber bei der Geburtstagsfeier dabei und haben mitbekommen, was da abgelaufen ist. Erzählen

Sie mir also nichts.« Müller zog einen Zeitungsfetzen aus seiner Aktentasche und knallte ihn auf den Tisch. »Glauben Sie, die Polizei liest keine Zeitung? Sie selbst schreiben etwas von mysteriösen Todesumständen. Das klingt ja so, als wäre ein Mord passiert.«

»Reine Vermutung«, konterte Riesle. »Die Presse darf ja schließlich auch spekulieren.«

»Das ist aber eine Vermutung, die Sie der St. Georgener Polizei schon hätten mitteilen müssen«, schimpfte Müller. »Dann wären wir sofort am Zug gewesen und hätten den Weisser-Hof noch am Mordabend auf den Kopf gestellt. So sind wir nur dank eines aufmerksamen Bestatters überhaupt darauf gekommen, dass es sich um einen Mord gehandelt hat. Vermutlich sind in der Zwischenzeit wertvolle Spuren verwischt worden. Also: Welchen Eindruck hatten Sie von Weissers Kindern?«

Riesle zögerte einen Moment und blickte Müller dabei fest in die Augen: »War eine komische Stimmung an jenem Morgen. Man hatte den Eindruck, die könnten sich alle nicht leiden – vielleicht nicht mal sich selbst.«

»Trauen Sie jemandem aus der Familie zu, die Tat begangen zu haben?«

»Könnte schon sein, aber ich kann ja nicht eine Person verdächtigen, die ich nur ein paar Minuten lang gesehen habe. Das ist eher Ihr Job«, konterte Riesle.

»Jetzt werden Sie nicht noch frech! Im Übrigen: Woher wusste Ihre Zeitung eigentlich, dass die Leiche obduziert wurde? Zu dem Zeitpunkt des Artikels war das offiziell noch gar nicht bekannt.«

»Reine Spekulation!« Riesle grinste Müller an.

In diesem Moment kam der Redaktionsleiter herein.

95

»Guten Tag«, begrüßte er Müller. »Entschuldigen Sie bitte die Störung.«

So höflich kannte Riesle seinen Chef gar nicht.

»Riesle, ich habe hier Artikel über das Bauunternehmen Berger. Der neue Inhaber heißt jetzt Schmitz. Der will doch ein paar alte Häuser in der Innenstadt kaufen, abreißen lassen und dann in Luxuswohnungen umwandeln. Lesen Sie sich mal die Artikel durch und recherchieren Sie. Morgen will ich eine Geschichte darüber im Blatt.«

Riesle stöhnte. »Kann das nicht ein anderer Kollege machen?«, flehte er.

»Nein, Sie sind mit dem Aufmacher dran!« Ohne ein weiteres Wort verließ der Redaktionsleiter das Büro, nachdem er Müller nochmals freundlich zugenickt hatte.

»Steht denn eines der Kinder unter Tatverdacht?«, wandte sich Riesle nun an den Kommissar. Nebenbei las er die Artikel, die ihm der Redaktionsleiter gerade gegeben hatte, quer. Es war seine Spezialität, mehrere Sachen gleichzeitig zu erledigen. Er konnte ein Interview führen, lesen und dabei eine E-Mail schreiben. Ohnehin würde ihm Müller nichts Entscheidendes mehr sagen. Da genügte es ihm, seine Antwort nur bruchstückhaft zu hören. Wenn der Kommissar ihm das als Unhöflichkeit auslegte, sollte er doch!

Allerdings schien es sich bei dieser Immobiliengeschichte um nichts Spektakuläres zu handeln. Die üblichen Probleme eben, mit denen …

Moment mal! In einem der Artikel stolperte er über den Namen, der ihn nun schon seit einigen Tagen verfolgte: »Bisher scheiterte das Projekt am Widerstand von Kurt Weisser aus Stockburg. Der St. Georgener Exgemeinderat weigert sich kategorisch, sein Haus in der Gerberstraße zu verkaufen.«

»Weisser!«, flüsterte er leise vor sich hin.

»Was meinen Sie?«, fragte Müller und schaute interessiert auf den Artikel, den Riesle gerade in der Hand hielt.

»Ach, nichts!« Der Lokaljournalist drehte das Blatt rasch um und versenkte es zwischen seinen anderen Zetteln.

»Ich meine … was ist bei der Durchsuchung des Weisser-Hofes herausgekommen?«, fragte Riesle.

»Kein Kommentar!«, entgegnete Müller trocken.

Als der Kommissar nach ein paar weiteren floskelhaften Wortwechseln wieder vor dem Zeitungsgebäude stand, freute er sich diebisch. Bei Riesles Befragung war zwar nichts herausgekommen, doch zum Glück hatte er selbst mal ein Seminar über Taschendiebe belegt. Und den einen oder anderen Trick hatte er sich gemerkt.

Jetzt zog er ein Blatt Papier aus seiner Jackentasche – den Artikel über die Immobiliensache, der den Journalisten für einen Moment so beschäftigt zu haben schien. Er überflog ihn.

Weisser im Streit mit einem Bauunternehmer? Wieso hatten die bisherigen Nachforschungen der Polizei dazu nichts ergeben?

Er würde dieser ganzen Immobilienszene auf den Pelz rücken, gleichzeitig aber die Kinder nicht aus den Augen lassen, nahm sich Müller vor. Schließlich musste man immer in alle Richtungen ermitteln. Und man durfte sich nie zu sehr auf andere verlassen. Am besten würde er diesen Fall ohnehin alleine lösen, denn zu viele in seiner Dienststelle waren ihm nicht mehr wohl gesinnt.

Ich werde das schaffen, dachte Müller grimmig.

Allmählich regte sich in ihm jedoch ein Gefühl, dass irgendetwas nicht stimmte. Zunächst unbestimmt, dann wurde es konkreter. Da fehlte etwas.

Hauptkommissar Müller schlug mit der flachen Hand gegen seine Stirn – so sehr, dass es ihn schmerzte. Wie konnte er nur! Er hatte sich so darauf konzentriert, Riesle das Stück Papier zu entwenden, dass er seine Aktentasche im Konferenzraum hatte stehen lassen. Und in der Aktentasche befand sich noch das von ihm eigens verfasste Protokoll der Durchsuchung des Weisser-Hofs am Vortag.

Er machte kehrt und drückte kräftig gegen die Schwingtür der Geschäftsstelle des Schwarzwälder Kuriers. Ein Anzeigenkunde, der gerade gehen wollte, bekam die Tür direkt ins Gesicht.

»He, Sie!«, schrie der Mann. Wie aus einem Reflex heraus zückte Müller seinen Dienstausweis, zeigte ihn erst dem Mann, der sich die blutende Nase hielt, und dann den Damen in der Geschäftsstelle.

»Hauptkommissar Müller, ich muss noch mal in die Redaktion«, keuchte er, stürzte die Treppen hoch, rannte durch das jetzt leere Großraumbüro auf das Konferenzzimmer zu, zog die Glastür auf.

Er war mitten in die Redaktionskonferenz geplatzt.

»Wir brauchen Auflage, Auflage, Auflage«, referierte gerade der Redaktionsleiter. Die Redaktionsmitglieder starrten Müller an, Müller starrte zurück, ging die einzelnen Gesichter durch. Das von Riesle war nicht dabei.

Dann bückte er sich, schaute unter den Konferenztisch: keine Tasche, kein Riesle!

»Wo steckt Riesle?« Müller schnaufte, als wäre er sein eigener Diensthund.

»Der ist gerade raus auf die Toilette«, sagte einer der Redakteure. »Den Gang rechts.«

Müller rannte aus dem Zimmer und sah sich um. Schon bald entdeckte er Riesle. Der stand nämlich keineswegs auf der Toilette, sondern am Kopierer.

Müller beobachtete das Mienenspiel des Journalisten und deutete es als einen Ausdruck von übermäßiger, ein wenig überheblicher Freude.

»Meine Tasche? Wo haben Sie meine Tasche hingetan?«, fuhr Müller ihn an.

Riesle wandte den Kopf, ohne seinen Gesichtsausdruck zu verändern. Dann betätigte er stoisch noch mal den grünen Knopf mit der rechten Hand. Mit der linken griff er nach unten und reichte Müller die Aktentasche.

»Ein einfaches Dankeschön würde mir schon reichen«, sagte Riesle. Jetzt grinste er sogar ein bisschen.

»Riesle, Sie haben doch nicht etwa …?« Müller nahm die Tasche an sich. »Ich meine, Sie haben doch nicht etwas herausgenommen und …?«

Er stockte, starrte Riesle an und dann den Kopierer. Mit einer schnellen Bewegung griff er nach dem Blatt, das gerade auf der Glasscheibe lag, und drehte es um. Ein Artikel über die Immobilienstory.

»Das ist aber eine schwere Anschuldigung«, erwiderte Riesle ernst. Dann grinste er wieder. »Das würde ich doch nie tun, Herr Hauptkommissar. Schauen Sie in Ihre Tasche. Ich bin mir sicher, es wird alles noch an seinem Platz sein.«

99

Müller sah ein, dass diese Runde an Riesle ging. Für einen Moment überlegte er, ob er in der Dienststelle die Fingerabdrücke auf den Papieren überprüfen lassen sollte, verwarf den Gedanken aber.

»Danke«, sagte er kaum hörbar und ging davon.

Riesle griff in die Kopierablage, zog einen Papierstapel heraus und überflog den Untersuchungsbericht vom Vorabend.

Ein interessanter Bericht, sehr interessant, auch wenn er sich über Müllers sperriges Beamtendeutsch und Ausdrücke wie »Verbrechen zum Nachteil des Weisser« mokierte. Und der Untersuchungsbericht bestätigte nur seine Vermutung, was den Verbleib der Kuckucksuhr aus dem Schlafzimmer betraf.

14. IMMOBIL

Riesle war der Auftrag seines Redaktionsleiters inzwischen sogar sehr recht, denn er deckte sich mit seinen eigenen Interessen.

Er hatte nur ein Problem: Bauunternehmer Berger war vor ein paar Monaten während der Villinger Fasnet ermordet worden. Riesle selbst hatte bei der Aufklärung des Falles eine nicht unerhebliche Rolle gespielt.

Mittlerweile war das Bauunternehmen verkauft worden.

Der neue Besitzer, Robert Schmitz, hatte den Firmennamen Berger beibehalten, war jedoch mit dem Büro in den Stadtteil Schwenningen umgezogen, weshalb sich der alte Berger – ein eingefleischter Villinger – wahrscheinlich täglich im Grabe umdrehte.

Auch für Riesle stellte dies ein Problem dar – das neue Büro war sieben Kilometer von seiner Redaktion entfernt. Und der führerscheinlose Journalist sah sich auch beim besten Willen nicht noch einmal in der Lage, mit dem Fahrrad weiter als zweihundert Meter zu fahren. Allein der Gedanke an die Steigungen zwischen den beiden Stadtteilen ließ seine Verdauungsprobleme wieder akut werden.

Die Tochter seines Freundes Hummel erneut als Chauffeurin anzuheuern traute er sich nicht. Er hätte Kerstin anrufen können, seine Ex. Vielleicht konnte dieser banale Vorwand dazu führen, dass man sich wieder näherkam. Aber ob die darauf eingehen würde?

Außerdem sah man sie, wenn die Informationen von seinem Schwenninger Kollegen Bernd Bieralf stimmten, derzeit häufiger mit einem Sozialpädagogen von der Berufsakademie.

Nein, das mit Kerstin war auch keine gute Idee.

Und so kam es, dass Klaus Riesle zum ersten Mal seit etwa dreißig Jahren in einen städtischen Bus stieg.

Als er eine Viertelstunde später im Vorzimmer des Bauunternehmers eintraf, wo er sich vorher telefonisch angekündigt hatte, wurde er um etwas Geduld gebeten. Er saß in einem weichen Sessel und sah sich um. Die Firma schien nicht schlecht zu laufen, nahm man die Qualität der Möbel zum Maßstab. Fast alles Designerstücke, vermutete er.

»Der Chef hat jetzt Zeit für Sie«, beschied ihm die Sekretärin nach etwa zehn Minuten, und Riesle erhob sich. In seinem durchgeschwitzten Hemd und seiner Jeans sah er nicht gerade aus, als wäre er in offiziellem Auftrag hier.

Schmitz, ein braun gebrannter Mann um die vierzig, wirkte hingegen so, als wäre er im Anzug geboren. Riesles Blick blieb kurz an dem Pärchen hängen, das gerade aus dem Büro des Bauunternehmers trat und von ihm verabschiedet wurde. Das war doch die Weisser-Tochter mit ihrem Mann! Die beiden gingen in die andere Richtung davon und schienen ihn gar nicht bemerkt zu haben.

Als Riesle in Schmitz' Büro Platz genommen und einen Kaffee serviert bekommen hatte, ging er zu einem verbalen Frontalangriff über. »Herr Schmitz, Sie wollen zwei Häuser in der Villinger Gerberstraße kaufen, luxussanieren und dann für teures Geld verkaufen«, begann er. »Der Besitzer des einen Hauses würde wohl verkaufen, doch der andere, ein gewisser Herr Weisser, wollte nicht. Jetzt ist er tot. Was sagen Sie dazu?«

In diesem Moment fiel ihm ein, dass Schmitz als Bauträger zu den besten Anzeigenkunden des Kuriers zählte. Möglicherweise bahnte sich da neuer Ärger an. Doch jetzt war nicht die Zeit, Schwäche zu zeigen.

Mit bohrendem Blick musterte er Schmitz.

»Wow«, erwiderte der überraschte Bauunternehmer nach einer kurzen Pause. Bei der Ankündigung eines Vertreters des Schwarzwälder Kuriers hatte er wohl an einen willfährigen Anzeigenmitarbeiter gedacht.

Jetzt kommt's, dachte sich Riesle. Abbestellung, Anzeigenstornierung, Beschwerde.

Doch Schmitz sagte nur: »Die beiden Herrschaften vor Ihnen waren auch schon wegen Herrn Weisser da.«

Riesle nickte wissend. Er musste in der Offensive bleiben. »Haben die auch vermutet, Sie könnten was mit Herrn Weissers Ableben zu tun haben?«

»Herr Riesle.« Schmitz erhob sich und setzte eine überlegene Miene auf. »Wenn Sie seit dem tragischen Tod meines Vorgängers der Meinung sind, dass die Firma Berger mit jedem Mord hier in der Gegend zu tun hat, sind Sie schief gewickelt. Ich möchte Sie daher bitten, besser auf meinen Ruf und den unserer Firma zu achten. Glauben Sie wirklich, ich würde wegen eines Gebäudes einen Mord begehen? Wenn ich bei jedem Objekt so skrupellos wäre, hätte ich schon zu einem Massenmörder werden müssen ...«

103

»Die Gerberstraße liegt doch sehr zentral. Vielleicht können Sie aus diesem Objekt eben ganz besonders viel Kapital schlagen?«

Riesle klang nun schon nicht mehr so selbstsicher, wie er sich anfangs präsentiert hatte. Und die Schweißflecken nahmen leider auch zu.

»Fest steht: Ich hätte das Haus gerne«, fuhr Schmitz fort. »Es wird einer der größten Coups, seitdem ich die Firma übernommen habe. Fest steht auch: Wir werden es nun wohl kaufen. Zumindest, wenn Herr Mengert mitspielt, dem das andere Haus gehört.«

Riesle fühlte sich versucht zu sagen: »Sonst müssen Sie den halt auch noch umbringen«, verkniff sich aber den Kommentar. Ihm kam ein anderer Gedanke: Könnte es sein, dass das Geld in Weissers Villinger Haus versteckt war?

»Können Sie mir sagen, was die Tochter von Herrn Weisser eben wollte?«, erkundigte er sich.

»Sie wollte mir versichern, dass sie dem Verkauf zustimmt.«

»Wundert mich gar nicht«, meinte Riesle, der in seinem Kaffee rührte. »Jetzt wird also verkauft ...«

»Vermutlich schon. Zumindest, wenn Herr Mengert seine Bedenken über Bord wirft ...«

»Ach, ich wusste gar nicht, dass er welche hat«, sagte Riesle verwundert.

»Berthold Mengert gehört leider zu den Leuten, die sich nicht entscheiden können«, erklärte Schmitz. »Erst wollte er verkaufen, nun aber nicht mehr.« Er machte eine wegwerfende Handbewegung: »Da sehen Sie mal, wie viel Energie das kostet. Erst will der eine verkaufen, der andere aber nicht. Dann stirbt der andere, aber nun zaudert wieder der eine. Ich sage Ihnen: Da sind Überzeugungskraft und seriöses Auftreten gefragt, keineswegs rohe Gewalt.«

Kommissar Müller hatte inzwischen den zeitweiligen Verlust seines Protokolls einigermaßen verschmerzt. Es galt nun, dem Mörder auf der Spur zu bleiben und schnell alle Verdächtigen zu befragen. Die Vernehmung von Christian Weisser, dem jüngeren Sohn, den sie am Schwenninger Bahnhof geschnappt hatten, war nicht zu Müllers Zufriedenheit verlaufen.

Der Mann hatte zwar mehrere Wertsachen bei sich gehabt – von zwei alten Halsketten bis zu einem Fingerring und einem recht wertvollen Bild des Schwarzwaldmalers Emil Thoma –, aber das Geld, von dem dieses seltsame Rätsel handelte, hatten sie bei ihm nicht gefunden.

Er habe sich »seinen verdienten Anteil am Erbe« genommen und dann zurück nach Berlin fahren wollen, hatte Christian Weisser ausgesagt. Von einer Flucht könne man daher nicht sprechen, fand er. Und außerdem habe er Besseres zu tun, als »für ein kindisches Rätsel kreuz und quer durch den Schwarzwald zu eiern«.

Die Wertgegenstände habe er bereits zu einem Zeitpunkt an sich genommen, als sein Vater noch »quietschlebendig« gewesen sei. Überhaupt habe er als Erster die Geburtstagsfeier verlassen, noch dazu mit öffentlichen Verkehrsmitteln, was schwierig genug gewesen sei.

Allerdings hatte Müller herausgefunden, dass der junge Weisser schon mehrfach mit der Berliner Polizei in Konflikt geraten war: wegen Drogenbesitzes und Körperverletzung. Dazu passte auch die geringe Menge an Cannabisprodukten, die die Beamten bei ihm sichergestellt hatten.

Müller wusste nicht genau, wie er damit umgehen sollte. Er ließ zwar den jüngeren Weisser-Sohn wegen »schweren Diebstahls und Verstoßes gegen das Betäubungsmittelgesetz« vorläufig inhaftieren, andererseits war er sich gar nicht sicher, ob der Diebstahl dieser Wertgegenstände wirklich das Motiv für einen Mord sein könnte. Vielleicht hatte der Alte seinen Sohn auf frischer Tat ertappt …

Verwunderlich fand Müller, und das sagte er dem Weisser-Sohn auch, dass er mit seiner Abreise nicht einmal bis zur Beerdigung seines Vaters gewartet habe. Dies deute doch darauf hin, dass er etwas zu verbergen habe. Kurzum: Er werde mindestens noch ein, zwei Tage in dieser Provinz bleiben müssen – hinter Schwarzwälder Gardinen gewissermaßen. Und die Sachen, die er an sich genommen habe, seien natürlich beschlagnahmt.

Der eine Weisser saß also hinter Gittern, nach dem anderen lief eine Fahndung. Und was war eigentlich mit der Tochter? Kam die nicht auch als Täterin infrage? Diesen drei Kindern schien ja beinahe alles zuzutrauen zu sein.

Ruhig, Stefan, besann sich Müller. Er durfte nicht in Hektik verfallen. Jetzt galt es erst einmal, sich dem nächsten Gesprächspartner zu widmen. Ohnehin eine Frechheit, dass man ihn hier so lange warten ließ.

»Hier entlang, Herr Kommissar«, hieß es endlich.

Doch als Müller auf das Büro seines Gesprächspartners zuging, fiel sein Blick als Erstes auf Klaus Riesle, der gerade aus der offenen Tür auf den Gang trat …

15. AM TAG, ALS DER HAGEL KAM

»Hallo, Hubertus? Schon zu Hause?«, frotzelte Riesle.
»Na, Lehrer möchte ich auch mal sein … Such mir doch
bitte mal im Internet raus, wo in Schwenningen ein Berthold Mengert wohnt.«
    »Sag mal, rufst du mich von deinem alten Handy aus
an? Was ist denn mit deinem Smartphone? Mit dem
kommst du doch auch ins Internet …«
    »Hör mal zu, Huby, auf dem ist gerade kein Gutha-
ben mehr drauf, weshalb ich momentan mein altes
Handy …«, setzte Riesle an, der Hummel nicht auf die
Nase binden wollte, dass er finanziell etwas klamm war.
»Also, gehst du jetzt für mich ins Internet oder nicht?«
    »Da nehme ich lieber das gute alte Telefonbuch, geht
viel schneller. Mengert, Moment, ich schaue gerade. Der
wohnt in der Schützenstraße 17 b. Soll ich dir auch
gleich seine Telefonnummer geben?«
    »Das wäre perfekt.«
    »Was willst du überhaupt von dem?«
Nachdem Riesle seinen Freund auf den aktuellen
Stand gebracht und im Gegenzug die Nummer bekommen hatte, meldete er sich direkt bei Mengert und kündigte seinen Besuch an.

Das Haus, vor dem Riesle zwanzig Minuten später
stand, war nett, aber unauffällig. Nicht zu groß, nicht
zu klein. Vor der Tür standen ein Renault Twingo und

107

ein weißer Opel mit Hochsitz, wie ihn Pflegedienste mitunter hatten.

Er schaute zum Himmel: Da schien sich ein ordentliches Gewitter zusammenzubrauen.

Erst nach dem dritten Klingeln öffnete ein korpulenter Endvierziger mit Schnauzbart. Das Wohnzimmer, in das er Riesle führte, war solide eingerichtet. Im Regal standen ein paar Bücher: Simmel, eine Lutherbibel, Bildbände über Schwarzwald, Schwäbische Alb und Lappland, außerdem Bände über so unterschiedliche Themen wie Pferdezucht und Krankenpflege. Dann gab es noch Klassiker à la »Homo Faber« und »Im Westen nichts Neues«.

Nachdem es schon beim Bauunternehmer nicht geklappt hatte, würde Riesles forsches Auftreten hier eher verfangen.

»Herr Mengert, Klaus Riesle vom Kurier, ich hatte angerufen. Wollen Sie denn jetzt Ihr Haus in Villingen verkaufen oder nicht?«

Mengert schüttelte behutsam den Kopf. »Ehrlich gesagt, ich bin mir nicht so sicher, aber ...«

»Berthold, kommst du bitte mal?«, ertönte nun eine weibliche Stimme.

»Meine Frau«, sagte er. »Sie fühlt sich gerade nicht so wohl. Gleich, Schatz«, rief er über seine Schulter, wo offenbar das Schlafzimmer der Mengerts war.

Dann raschelte es, und die Frau stand in der Tür. Sie hatte sich eine Decke über die Schultern gelegt und wog etwa die Hälfte ihres Mannes. »Sind Sie der Mann von der Presse?«, fragte sie.

Riesle nickte.

»Wir reden gerne mit Ihnen, aber möchten Sie bitten,

nichts zu veröffentlichen«, sagte Frau Mengert. »Tatsache ist, dass mein Mann und ich noch nicht wissen, ob wir das Haus in der Gerberstraße verkaufen sollen oder nicht. Wir werden derzeit sehr bedrängt …«

»Von Herrn Schmitz vom Bauunternehmen Berger?«, fragte Riesle nach.

»Natürlich, der war auch schon mehrfach da«, meinte die Frau und setzte sich auf die Couch.

»Was heißt auch?«, fragte Riesle nach.

»Vor dreißig Minuten haben zwei unverschämte Personen geklingelt, die uns beinahe bedroht haben. Wir sollen verkaufen, sonst gäbe es Ärger …«

»Die Tochter von Herrn Weisser?«, fragte Riesle.

»Und ihr Mann«, nickte die Frau. »Üble Typen. Richtig wild schienen die aufs Geld zu sein.«

Draußen hatte es sich immer weiter zugezogen. Ein Donnerschlag ließ alle kurz zusammenzucken.

»Was haben Sie denen gesagt?«, fuhr Riesle fort, während er sich die Bilder an der Wand ansah. Frau Mengert, ähnlich dünn wie jetzt. Herr Mengert, noch nicht ganz so korpulent. Und ein Mädchen, etwa zwölf Jahre alt, das ein Pferd am Zügel hielt. Das passte zu den Pokalen, die in der Anrichte aufgestellt waren.

»Dass wir uns nicht einschüchtern lassen«, sagte Herr Mengert. »Wir treffen eine freie Entscheidung.«

»Sie wollten doch erst verkaufen, wenn ich das richtig verstanden habe«, erwiderte Riesle.

»Herr Schmitz hatte uns ein gutes Angebot gemacht«, meinte Mengert. »Andererseits ist das Haus seit vielen Jahrzehnten in Familienbesitz. Und deshalb zögere ich ein wenig. Außerdem käme es mir etwas schäbig vor, ausgerechnet jetzt zu verkaufen, nachdem Herr Weisser ...«

»Ja?«

»Na ja – er wollte ja zu Lebzeiten nicht verkaufen. Und jetzt bekommen wir auch noch diese Anrufe. Wahrscheinlich ist meine Frau deshalb nicht so ganz gesund ...«

»Was für Anrufe?«

»Anonyme eben«, fuhr Mengert fort. »Vier, fünf Male schon. ›Verkauft, sonst ergeht's euch wie Weisser.‹ Das geht einem schon an die Nieren. Und jetzt noch dieses Pärchen ...«

»Halten Sie es für möglich, dass die Weisser-Tochter auch hinter den Anrufen steckt?«

Frau Mengert schüttelte den Kopf. »Nein, das war eine männliche Stimme. Und der Mann dieser Tochter klang von der Stimme her ganz anders.«

»Haben Sie mal einen der Anrufe aufzeichnen können oder auf dem Display eine Nummer gesehen?«, fragte Riesle.

»Leider nicht«, sagte Herr Mengert. »Diese Leute sind keine Anfänger.«

»Haben Sie die Polizei eingeschaltet?«

Jetzt nickte Mengert. »Ja, heute. Später wollte noch jemand vorbeikommen.«

»Wie gut kannten Sie eigentlich Herrn Weisser?«

»Wir haben uns nur ein paarmal gesehen«, sagte Mengert. »Also eher oberflächlich. Wir haben das Haus in Villingen geerbt – und er wohnte auch nicht in der Gerberstraße, sondern in dieser Mühle in Stockburg, in der er ja dann auch ...«

»Einmal war er bei uns, weil er erfahren hatte, dass

wir unser Haus verkaufen wollten«, ergänzte seine Frau. »Er war mächtig erbost und sagte, wir sollten uns nicht kaufen lassen.«

Wieder donnerte es, dann erhellte ein Blitz die Stube.

»Der Besuch von Herrn Weisser hat uns schon etwas zu denken gegeben«, meinte Mengert etwas zerknirscht. »Das mit dem Sich-kaufen-Lassen. Das hört natürlich niemand gern.«

»Haben Sie eine Vorstellung, wer ihn umgebracht haben könnte?«, forschte Riesle nach.

»Wahrscheinlich diejenigen, die uns belästigen«, sagte Frau Mengert. »Und infrage kommen wohl alle, die einen Nutzen davon hätten, wenn wir verkaufen würden. Das Bauunternehmen Berger, diese Tochter – und soweit ich weiß, gibt es auch noch weitere Kinder. Womit ich da jetzt niemanden verdächtigen will.«

»Wissen Sie eigentlich, wo diese Weisser-Tochter derzeit wohnt? Oder haben die Ihnen eine Telefonnummer hinterlassen? Ich muss mir dieses Pärchen mal näher ansehen …«

Wieder schüttelte Herr Mengert den Kopf. »Sie haben sich damit begnügt, uns zu drohen.«

»Also, wenn ich Sie wäre«, sagte Riesle, »dann würde ich das Haus nach Möglichkeit nicht verkaufen. Allein schon, um diesen Kriminellen nicht nachzugeben. Aber ich werde auf jeden Fall versuchen herauszubekommen, wer Sie da so belästigt.«

»Vielen Dank!«, sagte Mengert. »Denn es ist wirklich nicht angenehm, immer wieder fürchten zu müssen, dass es klingelt und dass dann …«

In diesem Moment klingelte es tatsächlich. Frau Mengert zuckte zusammen.

»Das ist die Haustür«, sagte ihr Mann und stand auf.

»Ich komme gleich mit«, meinte Riesle. »Ich will noch den Bus erreichen, ehe das Gewitter richtig losgeht.«

In der Tür wartete eine kleine Überraschung auf ihn.

»Mist, wieder zu spät«, brummte Müller.

»Hallo, Herr Hauptkommissar!«, rief Riesle und eilte dann davon, um noch trockenen Fußes zum Busbahnhof zu kommen.

Doch nach etwa zweihundert Metern begann es wie aus Kübeln zu gießen, und als er endlich am Bahnhof angekommen war, war Riesle klatschnass. Während er frierend auf den Bus nach Villingen wartete, ging der Regen in Hagel über, und der Sturm entwickelte sich zu einem Orkan.

Schemenhaft konnte Riesle erkennen, wie ein Teil des Daches der Stadtkirche abgedeckt wurde und wie gegenüber im Park zahlreiche Äste kapitulierten.

Die Straßen waren in Sekundenschnelle überschwemmt, die Gullys liefen über.

Riesle floh. Er erwog, sich zu Kerstins Wohnung oder zumindest bis zur Schwenninger Kurier-Redaktion durchzuschlagen, doch schon nach einigen Schritten musste er aufgeben. Mehrere taubeneigroße Hagelkörner erwischten ihn und fügten ihm eine Platzwunde am Haaransatz zu.

Da! Ein Taxi! Riesle riss die Tür auf, setzte sich und schrie: »Schnell! Nach Villingen!«

»Das Einzige, was ich jetzt mache, ist, den Wagen in Sicherheit zu bringen«, schnauzte der Fahrer ihn an. »Der Hagel zerstört mir die gesamte Karosserie!« In rasender Geschwindigkeit fuhr er in die Garage eines nahe gelegenen Einkaufszentrums und stellte das Taxi ab.

»Das macht dann drei Euro vierzig«, sagte er zu Riesle, der gerade versuchte, mit einem Papiertaschentuch notdürftig die blutende Wunde zu stillen.

Fluchend drückte er dem Fahrer fünf Euro in die Hand, ohne das Rückgeld abzuwarten. Dann stieg er aus dem Wagen. Die Dächer der gegenüberliegenden Häuser waren durchlöchert wie Siebe.

Wenigstens hagelte es jetzt nicht mehr. Es regnete nur noch …

Während Riesle zur Zeitungsredaktion lief, musste er aufpassen, nicht auf der dicken Schicht von Hagelkörnern auszurutschen, welche die Pflastersteine bedeckten.

Ein Bild wie im tiefsten Winter!

Für einen Moment ärgerte er sich, seinen Fotoapparat nicht dabeizuhaben. Ein Grund mehr, schnell beim Kurier vorbeizuschauen …

»Habt ihr gesehen, was da draußen los ist?«, fragte Riesle, als er in die Geschäftsstelle kam.

»Hallo, Klaus«, begrüßte ihn Rosi, die Kollegin vom Anzeigenverkauf. Zunächst beachtete sie ihn gar nicht, weil sie noch immer wie gebannt auf die weiße Fußgängerzone starrte. Dann drehte sie sich zu ihm um.

»Mein Gott, du blutest ja!«

»Ach, nicht der Rede wert«, beschwichtigte Klaus und nahm die Treppe zur Redaktion. Rosi verfolgte ihn mit einem Verbandskasten.

»Was ist denn mit dir los?«, fragte der Kollege Bernd Bieralf und starrte Riesles Platzwunde an. »Habt ihr euch wieder mal mit einem Eishockeyspieler geprügelt?«

»Nein, das war ein Hagelkorn, du Witzbold«, sagte Riesle. »Da draußen ist Katastrophenzustand, und du sitzt noch immer in deiner trockenen Redaktionsstube? Kein Wunder, dass du von der Statur her Hubertus immer ähnlicher wirst!«

»Einer muss ja bei uns die Fäden in der Hand behalten«, meinte Bieralf ungerührt und machte sich ein paar Notizen. »Hab gerade mit dem Rathaus telefoniert. Die sind ganz schön aufgeregt. Der OB hat einen Krisenstab einberufen. Außerdem rufen laufend panische Bürger an. Bei einigen hat es schon in die Wohnzimmer reingeregnet.«

Bieralf zog eine Schublade seines Schreibtischs auf, zog seine Fotokamera heraus und gab Anweisungen: »Klaus, schau doch bitte etwas schmerzverzerrter ... Rosi, jetzt halt ihm mal das Verbandszeug an den Kopf, und guck dabei ein bisschen mitleidiger ... Nein, du darfst noch nicht die Wunde abdecken, die muss man doch sehen ... Das Foto bringen wir in der Samstagsausgabe in Farbe. Wird eine schöne Story: Kurier-Reporter von Hagelkorn verletzt ... ach was, schwer verletzt...«

Bieralf drückte mindestens ein Dutzend Mal auf den Auslöser und schien sich wirklich zu amüsieren.

»Jetzt bleib mal ernst«, ermahnte Riesle. »Ruf lieber in Villingen an, ob die die Immobiliengeschichte noch aktuell wollen.«

Doch der Anruf war gar nicht nötig, denn in diesem Moment klingelte Bieralfs Telefon.

Am anderen Ende der Leitung meldete sich der

Redaktionsleiter, und Bieralf stellte den Lautsprecher an.

»Was? Riesle ist bei Ihnen?«, fragte der Chef. »Der soll seinen Hintern schleunigst hierherbewegen. Die Immobiliengeschichte hat Zeit. Wir brauchen jetzt eine Reportage, die ganz nah am Geschehen ist. Ich will einen Geschädigten, dem es das Dach verhagelt und in die Bude geregnet hat.«

»Und wie soll ich bitte schön nach Villingen kommen?«, flüsterte Riesle in Richtung Bieralf, der die Frage für den Redaktionsleiter wiederholte.

»Mit dem Auto natürlich, wie denn sonst!«, rief der Redaktionsleiter.

»Aber Chef, der Riesle hat doch keinen Führerschein. Der ist mit dem Bus nach Schwenningen gekommen ...«

»Dann setzen Sie sich halt hinters Steuer, Bieralf, und kutschieren ihn nach Villingen. Und wagen Sie nicht, mir noch einmal zu widersprechen. In zwanzig Minuten will ich euch hier sehen, sonst ...«

»Aber, Chef ...«

Doch der hatte schon aufgelegt.

Für einen Moment war Bieralf schlecht gelaunt: »Nur weil du dein Alkoholproblem nicht im Griff hast, muss ich jetzt Chauffeur spielen. Als hätten wir keine anderen Probleme. Von der Südwest Messe machen wir ohnehin schon jeden Tag drei Sonderseiten – und jetzt noch der Hagel!«

Doch als er Riesle genau betrachtete, besserte sich seine Laune wieder. Rosi war mit dem Kopfverband fertig. Das eine Auge war nur noch halb zu sehen, und das Ende der Mullbinde stand wie eine wippende Indianerfeder von Klaus' Kopf ab.

Die Fahrt nach Villingen dauerte dann doch etwas länger als zwanzig Minuten. Fast an jeder Straßenecke hielten die beiden Journalisten an, dann zückte Bieralf seine Kamera, um die Hagelschäden zu dokumentieren. Mal waren es zwei heruntergerissene Ampelanlagen, die einem Torso glichen. Mal knipste er die am Straßenrand stehenden Autos, deren Scheiben entweder Spinnenmuster aufwiesen oder gleich eingeschlagen waren.

Noch immer waren die Straßen weiß, und es bedurfte einiger Fahrkunst, den von zahlreichen Hagelkörnern verunstalteten Corsa mit dem Aufdruck »Schwarzwälder Kurier« durch die Straßen zu bewegen.

Außer ihnen waren nur wenige Autos unterwegs. Die Stadt schien erstarrt vor Entsetzen, allerdings sah man immer wieder Menschen, die die Schäden an ihrem Hab und Gut trotz des heftigen Regens gleich unter die Lupe nehmen wollten.

»Der Chef hat sie doch nicht mehr alle«, fluchte Bieralf. »Du hast es ja auch gerade im Radio gehört. Hier in Schwenningen ist das Epizentrum der Schäden, und der schickt uns nach Villingen. Ist mal wieder typisch.«

Riesle nickte geistesabwesend und dachte über den Mordfall nach.

Bieralf schien es jedoch durchaus an einer Kommunikation gelegen. »Wusste gar nicht, dass es so viele Feuerwehrautos in der Stadt gibt«, meinte er, als das vierte Mal eines mit Sondersignal auftauchte.

»Die benachbarten Leitstellen werden wohl auch ihre Leute hierherbeordert haben«, meinte Riesle, der sich vornahm, möglichst bald sein Polizeifunk-Abhörgerät wieder zum Einsatz zu bringen, das in seinem Kadett eingebaut war. Nutzen konnte er es momentan ohnehin nur bedingt, denn solange er derart immobil war, würde er gegenüber der Konkurrenz immer Nachteile haben.

Riesle schwor sich wieder einmal, nichts mehr zu trinken.

Er rief Hubertus an und erfuhr von Elke, dass auch das Hummel'sche Haus ein wenig beschädigt worden war. Das brachte ihn auf eine Idee: »Bernd, fahr mich direkt in die Villinger Südstadt. Hubertus ist unser Hagelopfer!«

Ein Anruf beim ungeduldig-cholerischen Redaktionsleiter erbrachte das Ultimatum, bis zwanzig Uhr eine »toprecherchierte, knackige Geschichte« abzuliefern.

In Villingen sah es vielleicht nicht ganz so schlimm aus wie im benachbarten Stadtteil, die Schäden waren jedoch auch hier immens. Zersplittertes Glas, kaum befahrbare Straßen, auf denen das Weiß der Hagelkörner rasch in Matschbraun übergegangen war. Der immer noch anhaltende Regen tat ein Übriges, die Straßen fast unpassierbar zu machen.

Als sie in Villingen den Kaiserring querten, lachte Riesle gehässig. Ein Mann stand fluchend vor seinem schicken schwarzen Auto und versuchte, die Hagelkörner von seinem Fahrersitz zu wischen, um hinters Steuer des Wagens zu gelangen.

»Schau mal, dem hat's ins offene Cabrio reingeregnet«, feixte Riesle. »Selbst schuld, wenn man bei so einer teuren Mühle das Verdeck nicht zumacht.«

Der Wagen wies einige Dellen auf, die Scheiben schienen das Unwetter aber halbwegs überstanden zu haben.

»Ein Kölner Schnösel«, stimmte Bieralf nach dem Blick auf das Kennzeichen in den Spott mit ein. »Eigentlich sollten wir ihn auch fotografieren. Der wird seinen Schwarzwaldurlaub so schnell nicht vergessen.«

Riesle fuhr herum. »Köln? Verdammt, und das war ein Z4. Das ist der Sohn!«

»Der wer?«

»Der Sohn! Johannes, der ältere Sohn von diesem ermordeten Weisser! Du weißt schon, der Exgemeinderat aus Stockburg. Hubertus und ich recherchieren in dem Fall. Den Sohn haben wir schon beim Vogtsbauernhof gesehen«, fuhr Riesle fort. »Und jetzt ist er hier – das ist doch ganz in der Nähe von Weissers Haus in der Gerberstraße, das zum Verkauf steht. Wenden!«

Bieralf zuckte mit den Schultern. »Wie soll ich hier wenden? Abgesehen davon, ist alles voller Matsch.«

»Wenden! Schnell!«, wiederholte Riesle noch lauter.

Bieralf, dem sein Kollege mittlerweile ziemlich auf den Keks ging, stieg in die Eisen und setzte den sommerbereiften und nun nach rechts driftenden Corsa auf Höhe des Gefängnisses fast gegen den Randstein. Dennoch schaffte er es schließlich, zu wenden und zurückzufahren.

Johannes Weisser war weg.

»Wir gehen jetzt mal zu diesem Haus, das zum Verkauf steht – vielleicht finden wir dort ein Hagel-Reportage-Thema«, meinte Riesle, der ohnehin erpicht darauf war, das Gebäude endlich genauer unter die Lupe zu nehmen.

»Ich sag dir aber eins«, bemerkte Bieralf. »In dreißig Minuten sitze ich wieder in meinem Büro in Schwenningen. Zehn Minuten gebe ich dir vor und in diesem

Haus – und anschließend erklärst du mir den Hintergrund eurer Schnüffeleien.«

Als sie schließlich vor dem Haus in der Gerberstraße standen, kam Riesle nicht weiter. Die Haustür war abgeschlossen. Obwohl er wusste, dass das Haus nicht mehr bewohnt war, drückte er jede der Klingeln mehrfach, doch ohne Ergebnis. Auch das Gebäude nebenan schien leer zu stehen.

»Also, ich fahr jetzt zurück, Klaus«, meldete sich Bieralf zu Wort.

Riesle dachte kurz nach. »Bring mich wenigstens noch in die Südstadt zu Hubertus. Und erzähl mir auf dem Weg dorthin, was du über diesen Schmitz von Berger-Bau weißt.«

»Schmitz? Der war bei mir auf der Schule. War schon damals jemand, der hoch hinauswollte. Ist zweifellos einigermaßen erfolgreich, durchsetzungsfähig, nicht gerade bescheiden – und einer unserer besten Anzeigenkunden.«

»Traust du ihm einen Mord zu, um die Zustimmung zu einem Hausverkauf zu erzwingen?«, erkundigte sich Riesle, während sie wieder ins Auto stiegen.

Bieralf fuchtelte mit seinem Zeigefinger vor Riesles Nase herum. »Eine gute Idee, mein Lieber.« Dann musste er grinsen. »Schreib das mit dem Mordverdacht doch in einen Artikel. Das ist der sicherste Weg, um unseren Herrn Redaktionsleiter aus dem Weg zu räumen. Denn dann kriegt er sicher einen Herzinfarkt!«

16. PLÜNDERER!

Hubertus war gerade dabei, ein vom Hagel zerschlagenes Dachfenster mit Folie abzudichten, als er seinen Nachbarn Pergel-Bülow mit einer Schaufel im Garten stehen sah.

Genauer gesagt, in Hubertus' Garten, und es handelte sich um Hubertus' Schaufel und Schubkarren, deren sich Pergel-Bülow bemächtigt hatte. In seinem gelben Regenmantel und einem passenden Regenhut sah er aus wie ein Nordseefischer. Ein alberner Aufzug, wie Hummel fand.

»Was machst du da, Klaus-Dieter?« Das Du, bei dem man seit der ökologisch korrekten Einzugsparty war, ging ihm noch immer schwer über die Lippen. Elke war – wie Hubertus fand – etwas zu voreilig darauf eingegangen.

»Hallo, Huby, ich räume ein bisschen in deinem Garten auf und befreie deine Rosenbeete von der Last des Hagels«, antwortete Pergel-Bülow überfreundlich. »War ja ein furchtbares Unwetter, da müssen wir jetzt alle zusammenhalten.«

Huby? Die Anrede war allenfalls Elke oder Klaus vorbehalten. Hubertus bemühte sich dennoch, einigermaßen freundlich zu bleiben.

»Das ist sehr nett von dir, aber wirklich nicht nötig. Wir kommen schon alleine zurecht. Kümmere dich lieber um deinen eigenen Garten!«

»Um den kümmert sich schon die Regine. Sie ist ja handwerklich so begabt. Und gute Nachbarschaft ist wichtig, Hubertus. Gerade in kritischen Lebenslagen. Ihr macht ja mit dem Enkel gerade eine schwierige Zeit durch. Und jetzt noch diese Katastrophe. Da braucht man schon mal Hilfe. Das ist ganz natürlich. Und auf unsere Solidarität kannst du zählen«, trällerte Pergel-Bülow und schob den etwas zu großen Regenhut aus dem Gesicht. Dann winkte er Hubertus überschwänglich zu und machte sich wieder daran, die dicke Hagelschicht aus dem Blumenbeet in die Schubkarre zu schaufeln.

»Wir brauchen aber keine Hilfe, und wir machen auch keine schwere Zeit durch, Herr Nachbar«, rief er schließlich. Sein Ton war jetzt eine Spur weniger freundlich.

Doch entweder wollte ihn Pergel-Bülow nicht hören – oder er konnte ihn nicht hören, weil der Regen wieder stärker herunterprasselte.

Jedenfalls machte er unbeirrt weiter.

Hubertus überprüfte, ob der Parkettboden unter dem provisorisch abgedichteten Dachfenster trocken blieb. Die Konstruktion schien zu halten.

Er schaute kurz nach Martina und dem Enkel. Maximilian nuckelte zufrieden an ihrer Brust. Martina war beim Stillen eingenickt.

Zu gerne hätte er ein Foto gemacht, doch dafür war keine Zeit. Er schlich die Treppe hinunter, zog sich rasch seinen alten Parka über und ging in den Vorgarten, wo der Nachbar noch immer Hagelkörner schaufelte.

»Klaus-Dieter, lass das jetzt bitte. Ich kriege das schon selbst hin«, sagte Hubertus und bemühte sich dabei um einen höflichen, aber bestimmten Tonfall.

»Nein, nein, ich mache das wirklich gerne, mein Freund.«

Mein Freund?

Hummel griff nach dem Stiel der Schaufel und wollte sie Pergel-Bülow aus den Händen nehmen. Doch der Nachbar leistete Widerstand.

»Gib jetzt die Schaufel her!«

»Lass mich nur machen, Huby«, gab Pergel-Bülow zurück.

Das letzte »Huby« war zu viel. Hubertus packte kräftiger zu und versucht, dem Nachbarn die Schaufel zu entreißen, doch Pergel-Bülow blieb zäh.

Als Klaus wenig später in Hummels Vorgarten trat, war er geschockt. Nicht genug, dass Hubertus' Auto und auch der Garten vom Hagel ziemlich verwüstet waren. Jetzt wurde er auch noch von einem Mann, der sich mit einem gelben Regencape vermummt hatte, mit einer Schaufel angegriffen.

»Hör auf! Lass los!«, rief Hubertus verzweifelt.

Die Schaufel schien sich jeden Moment auf Hubertus' Kopf zu senken. Klaus sah seinen Freund schon blutüberströmt auf dem Boden liegen. Der geborstene Schädel zwischen Hagelkörnern, die Körner von Hubertus' Blut getränkt, sein bester Freund ermordet von einem Plünderer, der die Katastrophenlage schamlos ausnutzte. Klaus und Hubertus würden keine Kriminalfälle mehr lösen, nie mehr in die Kneipe gehen, nie mehr zum Eishockey, nie mehr auf die Langlaufloipe.

Klaus überlegte nicht lange. Er stürzte sich auf den Plünderer und stieß dabei eine Art Schlachtruf aus.

Seine geballte Faust landete mitten im Gesicht von Pergel-Bülow. Und der landete im Rosenbeet. Das Blut schoss ihm aus der Nase – Volltreffer!

» Sag mal, bist du jetzt eigentlich von allen guten Geistern verlassen? «, schimpfte Hubertus.

» Das ist ja mal wieder typisch. Ich rette dich, und der Dank ist eine Moralpredigt. Jetzt verteidigst du schon Plünderer und Räuber, du Besser-Mensch «, fuhr Klaus seinen Freund an.

» Plünderer? Das ist doch kein Plünderer. Das ist mein Nachbar! «, kreischte Hubertus hysterisch.

Pergel-Bülow hielt sich einen Ärmel an die blutende Nase, den anderen Arm streckte er Klaus entgegen: » Hallo, ich bin der Klaus-Dieter. Freut mich, dich kennenzulernen. Du musst ein Freund von Huby sein ... «

» Äh ... ich bin Klaus ... äh ... angenehm «, stammelte Riesle und reichte Pergel-Bülow die Hand. » Und wieso gehen Sie mit der Schaufel auf Hubertus los? «

» Ich wollte doch nur ein bisschen im Garten aufräumen, um Huby zu entlasten ... «

Ein paar Minuten später befanden sich alle drei in Hummels Wohnzimmer. Während Hubertus seinem Freund immer noch Vorwürfe machte, lag Pergel-Bülow auf dem Sofa. Ein Kissen hatte er mit seiner blutenden Nase schon ruiniert.

Hubertus ärgerte sich, auch darüber, wie einfühlsam Elke sich um den verletzten Nachbarn bemühte. » Armer Klaus-Dieter. Soll ich dir noch etwas Eis bringen? Und sollten wir nicht doch den Heilpraktiker rufen? «

Sie tätschelte seinen Arm. Klaus-Dieter hier, Klaus-Dieter da.

Hubertus hätte Riesle am liebsten auch eine verpasst.

123

Der Nachbar würde so schnell nicht mehr aus seinem Wohnzimmer verschwinden.

Seine Wut steigerte sich, als Pergel-Bülow auch noch begann, Klaus' Einsatz zu loben: »Huby hat tolle Freunde. Wenn tatsächlich ein Räuber im Garten gewesen wäre, dann hättest du ihm vorhin das Leben gerettet. Und das, obwohl du selbst verletzt bist …«

Hubertus stöhnte. Was war das nur wieder für ein Tag?

Erst der Hagel, bei dem er schlimme Angst um Enkel, Tochter, Frau und Besitz gehabt hatte. Und dann immer wieder diese unglaublich toleranten und allzu verständnisvollen Nachbarn, die ihn noch aggressiver und gestresster machten.

Mit dem Hubertus, der seinerzeit energisch seine Kriegsdienstverweigerung durchgesetzt hatte, weil er überzeugter Pazifist war, hatte er wenig gemein.

Elke hörte überhaupt nicht mehr auf, sich um Pergel-Bülow zu kümmern. Ein Wunderfläschchen hier, eine asiatische Salbe dort, es war zum Verrücktwerden!

Und das Ganze zwei Tage vor Hochzeit und Taufe. Hoffentlich hatte das Münster bei dem Hagel nichts abbekommen, sonst müssten die Feierlichkeiten verschoben werden.

»Ich muss dann mal«, sagte Klaus, dem das alles auch nicht geheuer zu sein schien.

»Ich komme mit«, sagte Hubertus. Es lag ihm auf der Zunge, seiner Eifersucht wieder einmal freien Lauf zu lassen, doch er beherrschte sich und trottete hinter Klaus her in Richtung Flur.

»Ich verstehe ja, dass du die beiden allein lassen willst«, scherzte Riesle, »aber ich muss jetzt in die

Redaktion. Kann ich vorher noch ein Bild von dir vor eurem Haus machen?«

Hummel posierte vor den zerbrochenen Fensterscheiben und dem derangierten Apfelbaum im Garten, auch wenn er nicht recht verstand, warum. Immerhin tat Klaus ihm den Gefallen und fotografierte mit der von Bieralf geliehenen Kamera die zahlreichen Hagelschäden in Nahaufnahme: »Für die Versicherung.«

Als sie auf dem Gehweg standen, sah Hubertus, dass auch die Nachbargrundstücke einiges abbekommen hatten.

Zwei Häuser weiter besserten drei Männer bereits auf eigene Faust Dachziegel aus. Die Situation schien recht gefährlich, denn es regnete immer noch etwas, und der eine glitt ständig auf dem schrägen Dach aus.

Die Pfützen auf den Straßen nahmen beträchtliche Ausmaße an. Von fern ertönte immer wieder das Martinshorn. Und im Garten schräg gegenüber standen einige Anwohner und debattierten die Schadenslage.

Klaus salutierte mit dem Zeigefinger. »Ich muss dringend zurück in die Redaktion – bei dem, was in der Stadt los ist.«

»Lass uns noch kurz über den Fall reden«, bat Hubertus seinen Freund.

»Dann lauf halt ein Stück mit«, schlug Riesle vor und fasste zusammen: »Der Altgemeinderat Kurt Weisser ist also ermordet worden, nachdem er seiner Familie eröffnet hatte, dass sie möglicherweise auf ihr Erbe würde verzichten müssen. Nur derjenige, der innerhalb von acht Tagen ein Schwarzwaldrätsel löst, bekommt das Geld, die anderen gehen leer aus.«

Hummel übernahm, während er zum etwa siebten

Mal binnen drei Minuten in eine Pfütze trat. »Das erste Rätsel führt zum Vogtsbauernhof, wo das Ehepaar Weisser damals seinen Hochzeitstag verbracht hat. Dort haben wir eingeschnitzt einen Hinweis auf eine Kuckucksuhr gefunden. Also könnte das Geld in dieser Kuckucksuhr stecken.«

»Warte mal«, meinte Riesle, dessen Handy wieder einmal klingelte. Er entschied sich dann aber dagegen, das Gespräch anzunehmen. Dass die in der Redaktion langsam ungeduldig wurden, konnte er sich vorstellen. In zehn Minuten würde er aber ohnehin da sein.

Dann rekapitulierte der Journalist weiter: »Verdächtige Familienmitglieder sind der arbeitslose jüngere Bruder, der es recht schnell vorgezogen hat, zurück nach Berlin zu fahren, und der am Schwenninger Bahnhof von der Polizei geschnappt wurde. Laut Bericht, den mir der Kommissar freundlicherweise für einige Minuten in der Redaktion überlassen hat, hat dieser Bruder verschiedene Gegenstände aus dem Haus mitgenommen.«

»Und Müller verdächtigt ihn nun des Raubmordes?«, mutmaßte Hummel.

Riesle fotografierte ein kaputtes Dach, schaute gleichzeitig auf das schon wieder klingelnde Handy, rückte seinen Verband zurecht und fuhr fort: »Die Frage lautet: Hat er das Geld an sich genommen und es irgendwo versteckt? In einem Schließfach – oder wo auch immer?«

Hubertus nickte. »Dann gibt es diese Schwester und ihren Mann …«

»Richtig. Unsympathische Figuren, wenn du mich fragst«, meinte Riesle. »Zweifelsohne sind sie auch dem Geld auf der Spur. Dabei haben sie ja sogar diesen Mengert bedroht, dem das Haus neben Weisser in der

Gerberstraße gehört und der ein Wackelkandidat in puncto Verkauf ist.«

»Ich tippe ja auf diesen älteren Bruder mit seinem schicken Z4, den wir beim Vogtsbauernhof gesehen haben«, vermutete Hummel, der geschniegelten Leuten grundsätzlich alles zutraute. »Solche Typen kriegen doch den Hals nie voll.«

»Den haben Bieralf und ich übrigens vorhin gesehen, wie er in sein tropfnasses, offenes Cabrio gestiegen ist. Leider haben wir ihn nicht mehr erwischt. Wenn Müllers Protokoll stimmt, hat der eine Kuckucksuhr aus dem Haus seines Vaters entwendet. Und darin ...«

»... müsste das Geld sein«, ergänzte Hummel. »So ein Turbokapitalist!«

»Ich höre ihn jetzt noch, wie er an dem Geburtstag vor seinem Vater geprahlt hat: Einserabschluss in BWL, Doktor mit sonst was, Außendienstchef bei der Projekt AG in Köln ...«

Hummel stutzte.

»Sagtest du Projekt AG?«

»Ja, oder so ähnlich.«

»Könnte das auch Projektor AG geheißen haben?«

Riesle schaute ihn verständnislos an. »Könnte es, ja.«

Hummel schlug seinem Freund auf den Oberarm. »Torsten und Markus!«

»Wie? Nein, Christian und Johannes heißen die beiden Weisser-Brüder.«

Hummel hatte schon sein Handy in der Hand. »Torsten und Markus. Alte Freunde von mir. Hast du doch im Bistro auch schon mal kennengelernt.«

Riesle überlegte, während ihm Hummel weiter auf die Sprünge half: »Die haben die Projektor AG vor

127

einigen Jahren gegründet und exportieren mittlerweile Beamer in die ganze Welt. Der Laden boomt total und ist mittlerweile in einer Villa in Köln-Dellbrück untergebracht, glaube ich. Du kennst die beiden doch: haben mit mir Zivildienst gemacht. Das war 'ne tolle Zeit, in der wir alle ... «

»Die Marathonmänner?« Bei Riesle war der Groschen gefallen.

Hummel nickte und lauschte dann in den Hörer. »Einer der beiden reicht mir«, sagte er. »Dann verbinden Sie mich bitte ganz kurz in das Meeting. Es ist wirklich dringend!«

An Riesle gewandt, meinte er: »Genau, die Marathonmänner. Laufen dieses Jahr, glaube ich, wieder den Kölner und dann noch irgendeinen ... Torsten?«

Der Firmenchef schwankte zwischen freudiger Überraschung und dem Hinweis, dass es momentan nicht so gut passe. Doch kaum erwähnte Hummel den Namen Johannes Weisser, klinkte Torsten sich aus dem Meeting aus. Hummel hörte, wie eine Tür geschlossen wurde. Dann sagte sein Freund: »Wie kommst du denn auf Weisser?«

»Ganz einfach: Wir sind hier an einer Art Schwarzwaldrätsel beteiligt und suchen den Menschen, der den Vater eures Mitarbeiters ermordet hat«, antwortete Hummel.

»Unseres ehemaligen Mitarbeiters. Markus hat ihm vor ein paar Tagen gekündigt.«

Hummel war baff. »Warum?«

»Wir reden hier streng vertraulich, ja?«

Hubertus bejahte.

»Weisser war ein cleverer Mitarbeiter, aber leider

kein ehrlicher – zumindest in letzter Zeit nicht«, meinte der Projektor-Chef. »Er hat zweimal Aufträge gefälscht, um mehr Provision rauszuschlagen. Es gibt ja durchaus Beamer, die fünfzigtausend Euro kosten – und da kommt schon einiges zusammen. Außerdem waren seine Spesenabrechnungen ziemlich überzogen. Er hat offenbar mehrfach jemanden auf seine Reisen mitgenommen – wahrscheinlich seine Geliebte oder Freundin.«

»Seinen Freund«, warf Hummel ein.

Die Verblüffung am anderen Ende währte nur kurz – in Köln war das wohl eher die Regel als im Groppertal.

»Weißt du, ob er schon einen neuen Job hat?«, fragte Hummel, der im Hintergrund die Sekretärin der Firma hörte, die etwas vom »HC 5000« und einer Großbestellung berichtete.

»Nein«, meinte Torsten. »Unsere Kündigung war fristlos und ohne Abfindung. Ich glaube kaum, dass er jetzt auf die Schnelle und mit diesem Zeugnis schon was hat. Moment. Ja, danke, Herr Hüls«, widmete er sich kurz einem Mitarbeiter.

»Uns kam Weisser etwas großspurig vor«, sagte Hummel. »Bei seinem Lebenswandel wird er ziemlich viel Geld brauchen.«

»Na ja, sind eben nicht alle Schwarzwälder so bodenständig wie Markus, du und ich.«

Hubertus überließ ihn schließlich seinen Geschäften und brachte Riesle auf den aktuellen Stand.

»Den Job los und immer noch einen teuren Sportwagen fahren. Unser Mann braucht dringend Geld. Du wirst sehen« – er tippte sich an die Nase –, »mein Gespür hat uns nicht getrogen.«

»Klingt so. Ansonsten bliebe uns noch dieser Bauunternehmer, weil der von dem Deal in der Gerberstraße sicher massive finanzielle Vorteile hätte«, meinte Riesle und hatte sogar noch einen weiteren Verdächtigen parat. »Vergiss nicht den St. Georgener Bürgermeister. Immerhin erhält seine Gemeinde nun Weissers Haus für dieses Uhrenmuseum.«

Hummel zuckte mit den Schultern. »Na ja, vielleicht hat der Sohn nach dem Mord diese spezielle Uhr aus dem Haus entwendet«, sagte er ohne rechte Überzeugung. »Das Geld dürfte tatsächlich in dieser Uhr stecken. Also müssten wir eigentlich nur den Sohn finden ...«

»Aber ist es nicht etwas komisch, wenn der Alte ein großartiges Rätsel ankündigt und das dann nur aus zwei Stationen besteht: der Anzeige im Kurier und diesem Eingeritzten am Vogtsbauernhof?«

Mittlerweile waren sie vor der Redaktion des Kuriers angekommen, und Riesle wurde langsam mulmig bei all dem, was er journalistisch noch zu tun hatte. Eine Information wollte er aber noch an Hummel weitergeben: »Übrigens hat die Polizei laut Müllers Bericht die anderen Kuckucksuhren in Weissers Haus beschlagnahmt. Wir müssen dort also nicht noch mal hinfahren. Geld war aber wohl in keiner dieser Uhren. Wahrscheinlich hat der ältere Bruder die richtige Uhr mitgenommen. Aber lass uns morgen darüber reden. Ich muss jetzt mal ran.«

»Lösch meine Fotos nicht. Die brauche ich noch für die Versicherung«, ermahnte ihn Hummel, hob die Hand und trottete zurück nach Hause.

Allzu lange wollte er Elke und ihren Verletzten auch nicht alleine im Wohnzimmer lassen ...

17. DIE HUMMEL-STORY

»Ist der Artikel über das Hagelopfer endlich fertig?«, kam es aus dem Büro des Redaktionsleiters.

»Gleich! Fünf Minuten noch!«, rief Riesle, der an seinem Arbeitsplatz im Großraumbüro saß und seinem Protagonisten noch ein Zitat in den Mund legen musste. Er dachte kurz nach und entschied sich dann für die folgende Version:

»›Als der Hagel losging, kam ich mir vor, als würde der Dritte Weltkrieg über der Südstadt ausbrechen‹, berichtet Hubertus Hummel atemlos dem Schwarzwälder Kurier.«

Jetzt brauchte er nur noch eine knackige Schlusspassage. Dann war die Story über die hagelgeschädigte Familie Hummel fertig. Sie war zwar nicht ganz authentisch. Aber schließlich hatte er keine Gelegenheit mehr gehabt, Hubertus ausführlicher über den Hagel und seine konkreten Auswirkungen zu interviewen.

Also musste er seine Phantasie ein wenig spielen lassen. Klaus führte sich die schiefe, blutüberströmte Nase von Hubertus' Nachbarn Pergel-Bülow vor Augen.

Genau! So machen wir's!, dachte er und tippte hastig im klassischen Zwei-Finger-Suchsystem in die Tastatur: »Währenddessen kümmert sich Hummels Ehefrau Elke um den Nachbarn, der auf dem Sofa liegt. Das Blut strömt immer noch aus den Nasenlöchern und auf das bunt bestickte Sofakissen. Ein Hagelkorn hat ihn mitten

131

ins Gesicht getroffen. Elke Hummel stillt rasch die Blutung mit ein paar Wattebäuschen und streicht dem vor Schmerz wimmernden Mann beruhigend über den Arm.«

Mit einem Mausklick setzte er den Artikel auf die erste Lokalseite und rief: »Das Hagelopfer ist fertig!«

»Okay!«, kam es aus dem Chefbüro.

Riesle lehnte sich für einen Moment zurück und betrachtete das Foto von Hubertus, der in einem völlig durchnässten Poloshirt und mit seinem feuchten, schütteren Haar leicht gekrümmt vor seinem beschädigten Haus stand.

Bei Riesle stellte sich fast so etwas wie Mitleid ein.

Plötzlich stand sein Chef hinter ihm.

»Riesle, der Artikel ist in Ordnung. Jetzt noch ein Spezialauftrag. Ich habe gerade mit der Polizei telefoniert. Ein schwerer Unfall in der Bertholdstraße. Ein Auto ist von der Brücke in die Brigach gestürzt, die ziemlich Hochwasser führt. Wir brauchen ein Foto und dreißig Zeilen!«

Ein paar Minuten später saß Riesle auf dem Beifahrersitz im klapprigen Fiat Panda der Redaktionssekretärin. »Schneller, Brigitte«, rief er, als sie in die Bertholdstraße einbogen.

Von Weitem sahen sie schon die Blaulichter, die sich auf der nassen Straße spiegelten. Riesle bat die Sekretärin, so nah wie möglich an die Unfallstelle heranzufahren. Er zeigte einem Polizisten seinen Presseausweis und lief unbehelligt in Richtung Brückengeländer.

Davon war allerdings nicht mehr viel zu sehen. Es war umgeknickt und in die Brigach gefallen. Aus dem

132

Fluss ragte auch ein paar Meter weiter das Heck eines BMW. Es war ein schwarzer Z4 mit Kölner Kennzeichen. Riesle schnappte nach Luft. Kein Zweifel: Es musste sich um den Wagen von Johannes Weisser handeln!

Gebannt beobachtete er, wie der Wagen geborgen wurde. Dabei sprang der leere Kofferraum des BMW auf, als öffnete der Wagen schmerzverzerrt seinen Mund. Fast hätte Riesle vergessen, Bieralfs Kamera aus der Tasche zu holen und zu knipsen.

Zwei Helfer in Tauchanzügen, die mit Seilen gesichert waren und von Kollegen am Ufer gehalten wurden, damit sie nicht in der Strömung abtrieben, tauchten gerade ab, um zu sehen, ob noch jemand im Auto saß.

Riesle kam ein Gedanke: Wenn Weisser die Kuckucksuhr gehabt hatte und wenn darin die dreihunderttausend Euro steckten, dann schwammen die vielleicht bereits die Brigach hinab in die Donau und über die Donau in Richtung Schwarzes Meer.

18. IM UHRENMUSEUM

Endlich! Der Gong zur großen Pause.

Hummel klappte seine Gedichtsammlung deutscher Klassiker zu und stürmte noch vor seinen Siebtklässlern aus dem Zimmer. Er wollte möglichst rasch ins Lehrerzimmer und endlich den Artikel im Schwarzwälder Kurier lesen, den Klaus über ihn und die Unwetterschäden verfasst hatte.

Ein Kollege hatte ihn schon vor der ersten Stunde kurz darauf aufmerksam gemacht. Er hatte sehr mitleidig geklungen …

Als er im Türrahmen des Lehrerzimmers stand, drehten sich alle Kollegen nach ihm um.

Hubertus beschlichen unangenehme Vorahnungen.

Noch ehe er seinen Platz erreicht hatte, stürmte Regine Pergel auf ihn zu und umarmte ihn.

»Hallo, Hubertus. Wir sind wirklich betroffen!«

Hubertus verstand nicht, was sie meinte. War jemand gestorben?

Regine streckte ihm einen weißen Umschlag entgegen. »Wir sind zwar fast alle vom Hagel geschädigt, aber nachdem wir den Artikel im Kurier gelesen haben, sind wir uns einig, dass keiner so gebeutelt ist wie ihr, Hubertus. Deshalb haben wir – die Lehrerschaft des Romäusring-Gymnasiums – beschlossen, für euch zu sammeln.«

Erst jetzt fiel Hubertus auf, dass Klaus-Dieter Pergel-

Bülow nur wenige Meter hinter Regine stand. Er winkte Hubertus zu und versuchte zu lächeln, was mit dem großen Verband auf der Nase nicht einfach war und etwas verschroben aussah.

Klaus hatte ganze Arbeit geleistet. Hubertus verfluchte seinen Journalistenfreund.

Regine umarmte ihren Nachbarn und Kollegen noch einmal. »Ich finde es so toll, wenn Männer zu ihren Gefühlen stehen und auch einmal weinen können. Das zeugt von wahrer Größe!«

Erneut fühlte er sich von allen angestarrt. Die Kollegen erwarteten offenbar eine Dankesrede.

»Also, das ist … das ist wirklich sehr lieb von euch, wäre aber nicht nötig gewesen. Die Versicherung wird die Kosten schon begleichen, denke ich«, sagte Hubertus. Dennoch nahm er das Kuvert, wedelte damit herum und sagte: »Ich werde aber meinem Enkel etwas Schönes kaufen und euch alle bei nächster Gelegenheit einladen.« Und zwar in den Garten der Pergel-Bülows, fügte er in Gedanken hinzu.

Ein paar Minuten später saß er endlich unbehelligt auf seinem Platz. Er hatte sich vom Kollegen Kaiser, Mathematik und Sport, den Kurier ausgeliehen und wusste bald, warum seine Nachbarin sich zu dieser Samariteraktion veranlasst gesehen hatte.

Wenn man Klaus' blumiger Lyrik Glauben schenkte, konnte man meinen, das Haus der Hummels in der Südstadt stünde gar nicht mehr. Dass sein Dach »völlig ruiniert« war, dass es gar einen »gewaltigen Wasserschaden« gegeben hatte, davon hatte Hubertus gar nichts mitbekommen. Dass Riesle nun aber auch noch seinen Enkel instrumentalisierte und schrieb: »Der

135

kleine Maximilian wird künftig wohl für einige Zeit in einem feuchten, pilzbefallenen Haus leben müssen«, brachte Hummel so richtig auf die Palme.

Was ihn jedoch am meisten ärgerte, war folgender Satz: »Immer wieder kämpft Hubertus Hummel während des Interviews mit den Tränen ...«

Na, warte!

Als Hubertus ein paar Seiten weiterblätterte, sah er tatsächlich ruinierte Dächer, und zwar vornehmlich in Schwenningen und Trossingen, wo das Unwetter noch heftiger gewütet zu haben schien.

Er blätterte noch mal zurück und stieß im Lokalteil auf eine interessante Aufmachermeldung mit der Überschrift: »Leiche in der Brigach?« Das Kürzel Ri verriet, dass auch hier Klaus am Werk gewesen war.

»Mord, Selbstmord oder Unfall? Einen rätselhaften Fund machten die Einsatzkräfte gestern Abend gegen 18 Uhr in der Brigach. Ein BMW Z4 war offenbar aufgrund des Unwetters von der Fahrbahn abgekommen, hatte das Geländer durchbrochen und war in den Hochwasser führenden Fluss gestürzt. Fieberhaft suchten die Einsatzkräfte nach dem Fahrer. Es handelt sich dabei um den aus Stockburg stammenden und zuletzt in Köln wohnhaften 41-jährigen Johannes Weisser – Sohn des vor wenigen Tagen ermordeten St. Georgener Exgemeinderates Kurt Weisser. Doch von Johannes Weisser fehlt bislang jede Spur. Ob es sich also um einen Unfall handelt oder ob nicht ebenfalls ein Verbrechen hinter dem Verschwinden des Mannes steckt, muss jetzt geklärt werden. Die Kriminalpolizei ist am Zug.«

Hummel sah von seiner Zeitung auf und beobachtete Regine Pergel, die gerade selbst gemachten Vollkornapfelkuchen unter den Kollegen verteilte. Gedankenverloren nahm auch er ein Stück. Johannes Weisser war also verschwunden. Was sollte er davon halten?

Höchstwahrscheinlich hatte Weisser die Kuckucksuhr aus seinem Elternhaus mitgehen lassen, in der vermutlich die dreihunderttausend Euro steckten. Und wo waren die dann jetzt?

In der Brigach oder auf der Polizeidirektion?

Hubertus machte sich kaum noch Hoffnungen, jemals an das Geld zu kommen.

Als der erste Gong zur nächsten Stunde schlug, ging er noch ein letztes Mal rasch die Zeitung durch. Diesmal gelang es ihm, schnell über »seinen« fürchterlichen Artikel hinwegzublättern. Dafür studierte er umso genauer einen anderen, in dem beschrieben wurde, wie die Volksmusikantin Margot Hellwig nach ihrem Auftritt im Festzelt der Südwest Messe durch ein fast tennisballgroßes Hagelkorn verletzt und ins Krankenhaus eingeliefert worden war.

Ob Musikantin, Bürgermeister oder Müllmann – vor dem Hagel sind alle gleich, dachte er.

Dann fiel sein Blick auf eine weitere kleine Meldung: »Kuckucksuhrenausstellung trotz Hagelschäden«. Es ging um das Schwenninger Uhrenmuseum. Hubertus stolperte vor allem über folgenden Satz: »Eine besondere Attraktion der Ausstellung ist eine von Kurt Weisser aus Stockburg zur Verfügung gestellte Kuckucksuhr aus dem Jahre 1870, die einer Schwarzwaldmühle nachempfunden ist. Sie ist auch Gegenstand eines Preisrätsels.«

Der zweite Gong. Eigentlich sollte er jetzt schon in

der 6b sein. Was tun? Erst mal weiterlesen: »Der Hauptgewinn ist ein Rundflug für zwei Personen über den Schwarzwald.«

Hubertus grübelte. War das Rätsel etwa doch noch nicht zu Ende? Hatte sich das Geld gar nicht in jener Kuckucksuhr befunden, die Johannes Weisser oder vielleicht doch jemand anderes aus seinem Elternhaus hatte mitgehen lassen?

In dem Artikel war keine Rede davon, dass Kurt Weisser nicht mehr lebte. Entweder hatte man im Museum davon nichts mitbekommen, oder der Artikel war schon vor seinem Tod verfasst worden.

Hubertus war im Zwiespalt. Die Schüler erwarteten ihn bestimmt schon lärmend. Wollte er jedoch das Geld, musste er jetzt schnell handeln und ins Uhrenmuseum fahren. Ihm fiel nichts Besseres ein als eine »plötzliche Übelkeit, die mich gerade im Lehrerzimmer überkommen hat«. Er stand etwas eingefallen im Sekretariat und schwor sich, nach diesem Tag definitiv nie wieder blauzumachen.

Frau Storz musterte ihn kritisch: »Herr Hummel, Sie müssen mehr auf Ihre Gesundheit achten. Sie brauchen Ruhe!«

Hubertus nickte und kam trotz seines Schuldbewusstseins auf eine originelle Antwort: »Ich glaube eher, es lag an Frau Pergels Apfelkuchen.«

Hubertus verließ das Schulhaus und lief ein Stück stadtauswärts, damit niemand mitbekam, wie er zunächst mit seinem Handy telefonierte und dann in ein vom Hagel zerbeultes Taxi stieg, das er in Richtung Zeitungsredaktion dirigierte.

Als er Klaus eingesammelt hatte, beschimpfte Hubertus ihn zunächst für den »unsäglichen Artikel, mit dem du mich vor all meinen Kollegen blamiert hast«, ging dann aber ungewöhnlich schnell zum Rätsel über.

»Ich glaube nicht«, setzte Hubertus an, »dass dieser Artikel über die Uhrenausstellung ein Zufall ist. Vermutlich haben wir bis jetzt der falschen Uhr nachgejagt. Die dreihunderttausend Euro ...«

Hubertus sah die weit aufgerissenen Augen des Taxifahrers im Rückspiegel, die auf ihn gerichtet waren. In diesem Moment wünschte er sich, in einem alten englischen Taxi zu sitzen, bei dem man dank einer abgetrennten Fahrgastkabine ungestört reden konnte.

»Die dreihundert Euro«, betonte Hummel, »die dreihundert Euro dürften entweder in der Weisser-Uhr im Uhrenmuseum Schwenningen liegen, oder das Preisrätsel gibt einen weiteren Hinweis.«

»Wieso nur dreihundert Euro?«, fragte Klaus.

Hubertus blickte ihn scharf an und ließ die Augen immer wieder in Richtung Taxifahrer wandern.

»Ach so, die dreihundert Euro!«, rief Riesle dann. »Ja, die dreihundert Euro müssten wohl in der Uhr stecken.« Und dann flüsterte er: »Abgesehen davon, wollte ich jetzt eigentlich das Schicksal des Sohnes in der Brigach weiterrecherchieren.«

Als sie die Grenze zu Schwenningen passierten, sah auch Hubertus, dass die Lage hier sehr viel schlimmer war. Ziegelsteine lagen auf den Gehwegen, auf den Straßen gab es immer noch Hagelreste – und der Schaden an den Häusern war immens. Die ersten Dachdecker waren schon im Einsatz.

Der Taxifahrer setzte sie vor dem Uhrenmuseum ab. Endlich waren sie ungestört.

»Was ich nicht verstehe«, sagte Klaus und betrachtete den prächtigen Backsteinbau aus der Mitte des 19. Jahrhunderts, »ist das Verschwinden des älteren Weisser-Sohnes. Wenn der die Uhr und das Geld gar nicht hatte, warum ist er dann abgehauen?«

»Vielleicht war das Ganze auch ein Ablenkungsmanöver, mit dem er sich die anderen Schatzjäger vom Leib halten wollte?«

Sie betraten das kleine, lichtdurchflutete Foyer. Hubertus löste zwei Eintrittskarten und konnte Klaus nur mit Mühe davon abhalten, seinen Journalistenausweis zu zücken. »Wir sollten jetzt möglichst wenig auffallen. Außerdem ist drei Euro ein wirklich humaner Preis«, bemerkte Hubertus.

Die Freunde beachteten die nachgebaute Uhrenwerkstatt eines Bernhard Steiner aus Dauchingen ebenso wenig wie das Besucherlaboratorium. Obwohl Hubertus darin ganz gerne mal eine Uhr zusammengebaut hätte.

Stattdessen steuerten sie die Sonderausstellung im hinteren Museumstrakt an. Die Geräuschkulisse war beachtlich: Über hundert Kuckucksuhren tickten durcheinander.

Hubertus genoss die besondere Atmosphäre. Es gab ganz einfache Modelle, aber auch welche mit kunstvoll verschnörkelten Schnitzereien, die menschliche Figuren in Trachten, Fichten und Tannen, kleine Eichhörnchen und sogar Wölfe und Bären zeigten, die längst nicht mehr im Schwarzwald lebten.

»Wie sollen wir in diesem Wirrwarr die Weisser-Uhr finden?«, fragte Klaus und zog an ein paar eisernen

Tannenzapfen, die als Gewichte an einer der Uhren hingen.

»Lass deine Finger da lieber weg. Diese Uhren sind sehr empfindliche Objekte«, ermahnte Hubertus. »Was die Weisser-Uhr betrifft, dürfte sie nicht schwer zu finden sein. Schließlich haben die Ausstellungsmacher überall Hinweistafeln angebracht.«

Hubertus klopfte Klaus auf die Schulter. »Ich schlage vor, ich suche im vorderen Ausstellungsbereich, und du gehst in den hinteren. So sparen wir wertvolle Zeit.«

Nach der schätzungsweise zehnten Uhr war Hubertus derart in die Beschreibungen der alten Exponate vertieft, dass er fast vergessen hätte, warum sie eigentlich hier waren. Er zwang sich, die folgenden Beschreibungen nur noch zu überfliegen.

Nach weiteren zwei Dutzend Uhren klingelte sein Handy: Mozarts kleine Nachtmusik mischte sich mit dem Klangteppich der tickenden Uhren. Es war Klaus.

Wenig später standen die beiden vor einer riesigen Kuckucksuhr mit einem Mühlrad. Klaus zeigte auf das Hinweisschild.

»Nr. 157: Schwarzwaldmühle als Kuckucksuhr. Franz Beha 1870, Leihgeber: Kurt Weisser, Stockburg.«

Riesle machte sich gerade daran, die Tür, hinter der der hölzerne Kuckuck schlummerte, zu öffnen und hineinzuspicken. Da er nichts erkannte, zog er einen Kugelschreiber hervor, der per Knopfdruck auch als Taschenlampe diente, und leuchtete in das Loch hinein.

»Hm. Groß genug wäre die Uhr ja als Versteck für das Geld. Aber ich sehe nur Zahnräder«, meinte er dann und ließ das Kuckucksuhrtürchen wieder zuschnappen.

141

»Warte mal. In dem Artikel stand doch, dass die Weisser-Uhr Gegenstand eines Gewinnspiels ist. Es könnte doch sein, dass unser Rätsel mit diesem Gewinnspiel zu tun hat«, sagte Hubertus und betrachtete das sich fortwährend drehende Mühlrad.

Ein paar Minuten später stand er wieder im Foyer und fragte die Dame an der Kasse nach dem Preisrätsel. Sie reichte ihm den Ausstellungsprospekt und wies auf die Rückseite.

Hubertus las Klaus die Preisfrage vor: »Welcher Mühle ist die Kuckucksuhr Nr. 157 des Uhrmachers Franz Beha nachempfunden? A: der Weisser-Mühle in Stockburg, B: der Hexenlochmühle bei Neukirch, C: der Kobisenmühle bei St. Georgen?«

»Ist doch klar«, sagte Klaus. »Der Leihgeber ist Kurt Weisser. Also muss die Uhr auch seiner Mühle nachempfunden sein. Das Geld muss doch dort versteckt sein. Lass uns gleich noch mal hin ...«

»Keine vorschnellen Schlüsse«, bremste Hubertus und zwinkerte der Kartenverkäuferin zu. »Können Sie uns vielleicht einen Tipp geben?«

»Schauen Sie halt einfach mal in den Prospekt«, zwinkerte die Dame zurück. »Dann sind Sie bestimmt schlauer.«

Hubertus blätterte ihn durch und überflog die Beschreibungen der bedeutendsten Ausstellungsstücke, zu denen auch die Kuckucksuhr des Kurt Weisser zählte. Ein paar Zeilen gaben über die Entstehung Auskunft:

»Das Exponat Nr. 157, Leihgeber ist Kurt Weisser aus Stockburg, ist der berühmten Hexenlochmühle bei

142

Neukirch nachempfunden. Das einzigartige Exponat stammt von Uhrmacher Franz Beha (1817–1907), der in der Hexenlochmühle lebte. Der sogenannte Mühlefranz wurde unter anderem dadurch bekannt, dass er hölzerne Waaguhren schuf, sie mit der Jahreszahl 1640 versah und in seinen Rauchfang hängte, damit die Uhren eine Patina bekamen. Der Verkaufserfolg war beachtlich. Bis heute werden in der Hexenlochmühle Kuckucksuhren hergestellt.«

Sicher wäre der »Mühlefranz« zur damaligen Zeit ein Fall für den Herrn gewesen, der ein paar Meter weiter an einem Bistrotisch stand und sich Notizen machte.

Hubertus erkannte Hauptkommissar Müller an seiner runden Nickelbrille und dem scharfen Blick. Momentan unterhielt er sich mit einem jungen Mann – Weissers jüngerem Sohn. Die letzten Fetzen des Gesprächs bekamen Hubertus und Klaus noch mit: »Ich gebe Ihnen einen guten Rat: Fahren Sie schleunigst zurück nach Berlin. Ich kann nämlich für nichts garantieren. Am Ende landen Sie noch mal im Polizeigewahrsam. Vorstrafen, Diebstahl, Verstoß gegen das Betäubungsmittelgesetz ...«

Der junge Weisser verließ wortlos das Museum.

Müller sah auf und bemerkte Hummel und Riesle. »Aha, die Herren Hobbyschnüffler auf den Spuren der Kuckucksuhren. Ich hätte nicht vermutet, dass sich Lokaljournalisten und Studienräte für so etwas interessieren.«

»Guten Tag, Herr Kommissar. Mit Ihnen hätten wir aber auch nicht gerechnet«, meinte Klaus. Er trat ein wenig näher und musterte das Blatt Papier, das vor Müller auf dem Tisch lag. Es war das Preisrätsel. »Und dass Sie ein Rätselfreund sind, hätte ich auch nicht gedacht.«

»Na, man muss ja nicht gerade ein Sherlock Holmes sein, um dieses Quiz hier zu lösen. Meine Frau hat demnächst Geburtstag. Da wäre ein Rundflug über den Schwarzwald genau das Richtige. Übrigens sollten Sie wissen, dass ich aus einer alten Uhrendynastie stamme«, sagte Müller und trennte die Antwortkarte vom Prospekt. »Ich muss los. Sie wissen ja, der Weisser-Fall treibt uns noch um.« Müller drückte der Verkäuferin die Antwortkarte in die Hand.

»Gibt's denn schon was Neues?«, erkundigte sich Riesle.

»Nur so viel, dass jeder, der an diesem Gewinnspiel teilnimmt, potenziell tatverdächtig ist«, konterte Müller und grinste böse. »Und da Sie, Riesle, am Tatort waren, sind Sie sogar hochgradig verdächtig. Sie müssen also demnächst mit einer Vorladung rechnen.«

Dann ging Müller grußlos davon.

Gerade als auch Riesle und Hummel den alten Backsteinbau verließen, kam ihnen ein kräftiger Mann mittleren Alters mit Schnauzbart entgegen.

»Guten Tag, Herr Mengert«, begrüßte ihn Riesle und hielt ihm die Tür auf.

»Aha«, erwiderte dieser. »Auch Uhrenfan?«

»Als Lokalredakteur muss man sich doch für alles interessieren. Und Sie?«

»Ich bitte Sie«, meinte Mengert. »Als alter Schwenninger ...«

»Werden Sie Ihr Haus in Villingen denn nun an Berger-Bau verkaufen?«

»Wir wissen es noch nicht. Aber wir werden uns in einer der nächsten Wochen entscheiden. Momentan denke ich, wohl eher nicht. Aber das letzte Wort ...«

»Gab es seit gestern weitere Drohanrufe?«

Mengert schüttelte den Kopf. »Ich bin trotzdem froh, wenn wir endlich eine Entscheidung getroffen haben.«

Die beiden Freunde nickten und verabschiedeten sich.

Riesle brachte seinen Freund Hummel auf den aktuellen Stand, was Herrn Mengert betraf. »Da ist übrigens sein Wagen.« Er zeigte auf das weiße Auto, das ihm bereits am Vortag vor Mengerts Haus aufgefallen war.

»Was macht er denn beruflich?«, fragte Hummel mit Blick auf das weiße Gefährt mit der großen Heckklappe. Die schien als Rampe für Rollstühle zu funktionieren, von denen einer im hinteren Teil des Fahrzeugs zusammengeklappt stand.

»Mengert hat einen Pflegedienst oder so was, glaube ich«, meinte Riesle, der mit seinen Gedanken noch bei der Uhrenausstellung war. »Damit machen sich ja immer mehr Leute selbstständig.«

»Stimmt«, meinte Hubertus und nickte. »Wobei ich neulich gelesen habe, dass es da auch schwarze Schafe gibt, die die Leute ausbeuten. Wenn ich da an meine Zivildienstzeit bei den Maltesern denke: Damals haben wir ...«

An dieser Stelle schaltete Riesle endgültig auf Durchzug.

19. SCHWARZWALDTOUR

»Und wie kommen wir jetzt ins Hexenloch?«, fragte Hummel schließlich.

»Mit dem Taxi?«, schlug Riesle vor, der allmählich unruhig wurde. »Ich sollte eigentlich zurück in die Redaktion. Wir machen auch morgen wieder mindestens drei Hagelsonderseiten.«

Hubertus, der nach seiner vorgetäuschten Übelkeit heute ein weniger schlechtes Gewissen hatte als sonst, verwarf die Idee mit dem Taxi aus Kostengründen, beruhigte aber seinen Freund: »Das hier kannst du ja wohl als Hagelrecherche ausgeben. Und jetzt fahren wir zu dieser Hexenlochmühle – daraus kann man doch was für eure Landkreisseite machen.«

Riesle war noch nicht recht überzeugt. »Ich werde aber einige Male telefonieren müssen. Alleine will ich dich jedenfalls nicht dorthin fahren lassen. Ich schlage vor, dass uns Didi oder Martina kutschieren.«

»Martina wird sich nach unserer Chaostour zum Vogtsbauernhof definitiv weigern, auch wenn ich meinen Maxi gerne dabeihätte. Außerdem stecken Didi und sie mitten in den Hochzeitsvorbereitungen.«

Sie stritten noch eine Weile und ließen sich dann mit einem Taxi ins Villinger Münstergemeindezentrum fahren, wo Didi gerade seiner hausmeisterlichen Pflicht nachkam, die restlichen Hagelverwüstungen zu beseitigen.

Ständig fuhr er sich durch die verschwitzten blonden Haare, wechselte seine Arbeitsinstrumente vom Hammer zum Schleifgerät und kratzte sich dann wieder am Kopf.

»Als hätte ich nicht schon genug mit der Hochzeit um die Ohren«, schimpfte er. Dann hellte sich seine Miene ein wenig auf, und er bemerkte: »Tolle Reportage über dich, Hubertus.«

Der warf seinem Freund Riesle einen verärgerten Blick zu.

»Ich wollte mit euch noch ein paar letzte Dinge wegen der Hochzeit besprechen«, fuhr Bäuerle fort.

»Prima!«, sagte Hubertus und schielte auf den Kleintransporter des Hausmeisters. »Können wir das im Auto machen?«

»Wie bitte?«

»Auf gut Deutsch: Kannst du uns kurz nach Furtwangen fahren? Es ist wichtig, und wir können auf dem Weg alles besprechen, was du willst.«

Didi blickte auf die Uhr. Eigentlich war es Zeit für eine Mittagspause, Stress hin oder her. Und warum sollte man dem baldigen Schwiegervater nicht kurz vor der Hochzeit noch einen Gefallen tun? Wenn er in einer Stunde wieder hier wäre, würde er seine Aufgaben schon noch irgendwie schaffen.

Über die B 500 kamen sie schließlich nach Furtwangen-Neukirch und fanden nach ein paar Kilometern die mitten im Grünen gelegene Hexenlochmühle, ein großes Gebäude aus dem frühen 19. Jahrhundert. Schwarzwaldgefühle pur erwachten in Hubertus beim Anblick der beiden Mühlräder. Es sah alles wirklich genau so

147

aus, wie man sich in Nordrhein-Westfalen, Sachsen oder gar den Niederlanden ein altes Schwarzwaldhaus vorstellen mochte. Aus diesen Gegenden stammten jedenfalls die Reisebusse und Autos auf dem Parkplatz gegenüber der Mühle. Holz war in dem Gebäude Trumpf. Außerdem gab es viele kleine Fenster, vor denen Geranien aus Blumenkästen lugten, dazu ein Restaurant mit Schwarzwaldstube und Freiterrasse. Das Unwetter schien hier nicht so schlimm gewütet zu haben wie dreißig Kilometer weiter östlich.

Hubertus stürmte ins Innere des Gebäudes, wo es mehrere gut frequentierte Geschäfte gab, in denen neben zahlreichen Andenken auch Schnäpse wie der »Hexenlochgeist« und andere Spezialitäten angeboten wurden. Im Untergeschoss konnte man Kuckucksuhren erwerben, die Hubertus etwas genauer unter die Lupe nahm. Klaus sah sich die Andenken an, während Didi sich auf eine Picknickbank im Freien setzte und sich ärgerte, dass er sich zu dem Ausflug hatte überreden lassen.

»In einer dieser Kuckucksuhren muss das Geld sein«, raunte Hubertus Klaus zu, als sie sich bei der Schinkentheke wiedersahen.

»Sollen wir die alle auseinandernehmen?«, konterte Klaus. Dann überlegte er kurz. »Ich glaube eigentlich nicht, dass das Geld in einer dieser Uhren ist. Abgesehen davon, dass die meisten der Uhren zu klein für eine solche Summe sind: Es muss doch eher was mit der Mühle als solcher zu tun haben. Sonst erschließt sich mir der Sinn des Rätsels nicht.«

Sie gingen nach draußen und besahen sich die beiden Mühlräder etwas genauer. Das größere hatte einen

Durchmesser von etwa vier Metern und trieb eine Hochgang- und eine Kreissäge an. Es hatte etwas Meditatives, den Rädern bei der Arbeit zuzuschauen und zu beobachten, wie sie immer wieder ins Wasser tauchten.

»Klaus«, rief Didi, der mittlerweile in Richtung Eingangsbereich getrottet war. »Hast du den Zettel hier draußen gesehen?«

Neben zwei Schildern, die auf »Kuckucksuhren. Eigene Herstellung« und »Schwarzwälder Spezialitäten« hinwiesen, klebte recht weit oben ein mit Tesafilm angebrachtes Blatt Papier auf den Schindeln – in Größe DIN A5 und zumindest für Detektive eigentlich ganz gut erkennbar. Mit einem schwarzen Füllfederhalter hatte jemand wieder ein paar Reime zusammengeschrieben:

Der erschte Kuss,
's Herz tut 'en Knall
am weltberühmte Wasserfall.
Bei mir war es mit meinem Schatz
kurz nach 'em Eingang Scheffelplatz.
Verpass es nit, 's wär wirklich schad:
Schild Nummer 3 auf dem Naturpfad.

»Auf nach Triberg!«, rief Hubertus.

Didi Bäuerles Begeisterung hielt sich in ganz engen Grenzen, und er verfluchte sich, seine beiden Freunde auf den Zettel aufmerksam gemacht zu haben.

Er ließ sich aber noch mal breitschlagen. Einerseits weil er die beiden schlecht an der Hexenlochmühle zurücklassen konnte, andererseits weil Hubertus und Klaus ihm hoch und heilig versprachen, bei den Hochzeitsfeierlichkeiten auf die Organisation irgendwelcher

Spiele zu verzichten. Weder würde das Brautpaar ein Bettlaken durchschneiden noch sich gegenseitig füttern oder mit verbundenen Augen die Zähne putzen müssen.

»Ehrenwort«, versprach Klaus, dem in seiner Eigenschaft als Trauzeuge durchaus eine Schlüsselrolle zukam. Hummel begnügte sich mit der Bemerkung, solche Spiele kämen für ihn ohnehin nicht infrage, schließlich sei das Ganze eine ernste Angelegenheit und kein Kindergeburtstag.

Auch eine Brautentführung werde er mit allen Mitteln verhindern, erklärte er, während der Kleintransporter in Richtung Triberg rumpelte und Hubertus wieder seine Lokalkompetenz ausspielte.

»Der Naturpfad ist eine der drei Routen, die am Wasserfall vorbeiführen. Außerdem gibt es noch den Kulturweg und den Kaskadenweg. Der Triberger Wasserfall ist 163 Meter hoch und fließt in sieben Stufen, die ... «

»Weisser und seine Frau haben sich also an den Wasserfällen zum ersten Mal geküsst«, unterbrach ihn Riesle. »Aber was hat das mit dem dritten Schild zu tun?«

Didi Bäuerle fuhr schweigend durch die schöne Landschaft, durch die Täler und Wälder, vorbei an zahllosen Fichten und braun-weiß gescheckten Kühen, während Hubertus seinen Journalistenfreund weiter belehrte: »Es gibt doch zahlreiche Hinweisschilder rund um den Wasserfall. Wir müssen eben das dritte auf dem Naturpfad genauer unter die Lupe nehmen – das wird uns dann schon zum Ziel führen. Und zwar vom Eingang Scheffelplatz aus. Der ist oberhalb von Triberg – ich kenne mich da aus!«

Er schaute begeistert aus dem Fenster des Wagens:

»Hach, immer wieder schön hier. Ihr müsstet dem alten Weisser dankbar für sein Rätsel sein. So kommen nicht nur seine Kinder, sondern auch wir mal wieder in den Genuss einer Schwarzwaldtour. Habt ihr nicht auch den Eindruck, dass das Rätsel jetzt in seine entscheidende Phase geht?«

Didis Eindruck war eher, dass er hier wertvolle Zeit verplemperte und dabei in den ihm zugeteilten Vorbereitungen für die Hochzeit weiter denn je zurückfiel.

Riesle wollte gerade etwas erwidern, als sein Handy klingelte.

»Ja, Chef, ich recherchiere weiter vor Ort Hagelopfer«, hörten die anderen ihn sagen.

»Was? Wohin? Ja, vielen Dank – bis später.« Riesle beendete das Gespräch und lachte dann schallend.

»Während die Stadt nach dem Hagel noch halb unter Wasser steht«, klärte er seine Freunde auf, »hat ein guter Teil des Städtischen Bauhofs heute freigenommen und einen Ausflug nach Offenburg angetreten, anstatt sich weiter an den Aufräumarbeiten zu beteiligen. Überstundenabbau vom Einsatz gestern, hieß es zur offiziellen Begründung. Sensationell! Schade, diese Story hätte ich zu gerne geschrieben.«

Er richtete seinen Blick auf Hubertus. »Unser Redaktionsleiter hat wegen dieser Spitzengeschichte so gute Laune, dass er mich gar nicht gefragt hat, wo genau ich bin. Diese Affäre wird allein eine Sonderseite einnehmen. Herrlich!«

Zehn Minuten später endete die kurvige Fahrt auf dem Scheffelplatz am oberen Teil der Triberger Wasserfälle. Schnell waren sie zu Bäuerles Leidwesen nicht vorangekommen, denn offenbar steuerte die Hälfte der Busse, die kurz vor ihnen die Hexenlochmühle verlassen hatten, direkt von dort die Triberger Wasserfälle an. Ob die auch alle auf der Suche nach dem Geld waren? Wohl kaum. Eher hatten sie »3 Tage Schwarzwald mit Vollpension« gebucht.

»Gutes Schuhwerk ist natürlich ratsam«, las Bäuerle auf einem Schild und betrachtete Hubertus' Sandalen. An der »Kasse Scheffelweg« entrichteten sie pro Kopf zwei Euro Eintrittsgeld – eine Summe, die nicht einmal Klaus zum Feilschen veranlasste.

»Hier verläuft doch der Naturpfad, nicht wahr?«, erkundigte sich Hubertus an der Kasse in einem Ton, als müsse er als Fremdenführer zwei Flachlandtirolern die Sehenswürdigkeit präsentieren.

Die Frau bejahte und händigte ihnen ein Faltblatt über »Deutschlands höchste Wasserfälle« aus, auf dem der Naturpfad grün eingezeichnet war.

»Jetzt hört mal her, ihr Hobbydetektive!«, schimpfte Didi, nachdem sie weitergegangen waren und nun auf der Scheffelbrücke standen, während um sie herum das Wasser talwärts toste. »Ich muss nach Hause. Falls ihr es nicht mehr wisst: Ich heirate morgen!«

Es lag bestimmt nicht nur am mächtigen Rauschen, dass die anderen seinen Einwurf ignorierten. Hubertus betrachtete die Wasserfälle und atmete die klare Luft ein, während Klaus die eingeritzten Namen und Nachrichten auf dem Geländer des Holzsteges studierte.

»Vielleicht ist das wieder so was Ähnliches wie beim Vogtsbauernhof«, meinte er.

»Nein«, widersprach Hummel, »es war die Rede vom dritten Schild. Los!«

Kurz hinter der Brücke sahen sie das erste Schild, das sich mit der Nutzbarkeit der Wasserkraft auseinandersetzte.

Die Schilder waren zweisprachig in Deutsch und Englisch gehalten und außerdem bebildert.

»Ich bin wirklich gespannt«, sagte Hubertus. »Sollen wir den Pfad bergauf oder bergab gehen?«

»Bergab«, entschied Riesle.

Die drei Freunde liefen dicht am Wasser entlang talwärts und fanden bald das zweite Schild, das über berühmte Besucher des Wasserfalls Auskunft gab.

»Tucholsky und Hemingway«, las Hummel. »Die haben doch beide Selbstmord begangen. Ob das eine Spur ist?«

Riesle winkte ab, während diesmal Didi Bäuerles Handy klingelte.

»Ja, Schatz«, hörten die anderen ihn sagen. »Es rauscht? Weißt du, ich bin gerade … draußen. Ja, mache ich. Ja, mache ich auch. Nein, habe ich noch nicht. Oje … Ja, versprochen … Nein, beruhige dich. Ich rufe dich in einer halben Stunde noch mal an.«

»Ich krieg die Krise«, sagte er, als er das Handy wieder in seiner Arbeitshose verstaut hatte. »Martina ist völlig panisch, weil wir das alles bis morgen nicht schaffen. Und sie hat recht. Wieso habe ich mich nur von euch überreden …«

»Da ist das dritte Schild«, rief Riesle und spurtete die letzten Meter.

»Und?«

»Das Totholz ist Lebensraum für Pflanzen- und Tierarten …«, las Riesle.

Hubertus überflog die Zeichnung und dann den rest-

153

lichen Text: »Haubenmeise, Zangenbock, Riesenholz-
wespe ...« Er zuckte ratlos mit den Schultern. »Ist
Totholz ein Hinweis auf den Tod von Weisser? Wäre ja
wohl ...«

»Kapiere ich auch nicht«, sagte Riesle, der versuchte,
sein Wissen über chiffrierte Texte und Geheimcodes zu
reaktivieren. Doch selbst wenn man jeweils den ersten
Buchstaben der Wörter auf der Tafel zusammensetzte,
kam man nicht weiter. Mit den jeweils ersten beiden
Buchstaben klappte es ebenfalls nicht.

»Haben wir uns verzählt?«, fragte Hubertus. »Vielleicht ein Schild übersehen?«

»Nein, die kann man doch gar nicht übersehen. Wir
hätten wahrscheinlich vorher an der Abzweigung bei
der Brücke nach oben gehen sollen«, meinte Klaus und
stürmte mit beachtlichem Tempo in diese Richtung.

Die anderen folgten ihm.

Schwitzend gingen sie nun bei der Scheffelbrücke weiter nach oben, doch nach zwei Biegungen kamen sie
statt zu einem Schild zur nächsten Kasse.

»Wo geht denn der Naturpfad weiter?«, erkundigte
sich Hubertus bei dem bärtigen Mann, der in dem Häuschen saß.

Der deutete ein paar Meter nach oben.

»Und da gibt's dann auch die nächsten Hinweisschilder?«, mischte sich Riesle ein.

Bäuerle folgte mit einigem Abstand und zunehmend
verzweifeltem Gesichtsausdruck. Die Zeit lief ihm da
von, und er wurde immer panischer.

»Lesen Sie doch Ihren Plan«, empfahl der bärtige
Kassierer. »Ab hier gibt es keine Schilder mehr, denn
hier endet der Lehrpfad.«

»Also keine Schilder weiter hinten?«, fragte Hummel fassungslos.

Der Bärtige schüttelte den Kopf und widmete sich dem Schwarzwälder Kurier.

Entmutigt und wortlos gingen sie noch mal denselben Weg zurück. Die Hoffnung, vielleicht doch ein Schild übersehen zu haben, zerschlug sich jedoch.

Plötzlich packte Riesle Hummel am Arm.

Unter den zahlreichen Touristen, die ihnen entgegenkamen, war auch ein Pärchen. Die beiden waren eine Spur schicker gekleidet als die anderen Wanderer und starrten Riesle feindselig an.

»Diese giftige Weisser-Tochter wieder«, meinte der kopfschüttelnd. »Jede Wette, dass die auf der gleichen Spur sind!«

»Sollen wir ihnen folgen?«, schlug Hummel vor.

Doch Didi Bäuerle war schon stur weiter in Richtung Ausgang gelaufen.

Als sie wieder am Auto waren, dirigierte Hummel seinen Schwiegersohn in spe bergab in Richtung Triberg. »Vielleicht gibt es noch einen Zugang zum Naturpfad, den weder unser Plan hier noch ich kennen?«, meinte er.

Sie kamen am Bergsee vorbei, an der Wallfahrtskirche und sahen schon den Haupteingang, als ein Herr mit Anzug und Krawatte aus dem Schwarzwaldmuseum kam und in Richtung Parkplatz ging.

»Das ist doch dein Freund, der St. Georgener Bürgermeister«, staunte Hummel, der als Zeitungsleser die Prominenz des Landkreises kannte. »Ob der auch auf der Suche nach dem Weisser-Geld ist?«

Riesle hatte wenig Lust, mit dem Bürgermeister ins

155

Gespräch zu kommen, zumal der ohnehin gerade in sein Auto stieg und davonbrauste.

»Jetzt suchen wir hier weiter«, meinte Riesle. »Und wenn das nichts bringt, fahren wir eben wieder zur Hexenlochmühle zurück.«

Doch jetzt meldete sich Didi zu Wort – und wie!

»Wir fahren jetzt nach Hause. Nach Hause, habt ihr das verstanden? Ich heirate morgen, auch wenn euch das momentan nicht zu interessieren scheint. Abgesehen davon, hieß es in dem Spruch auf dem Zettel am Hexenloch: Eingang Scheffelplatz – und da waren wir ohne Erfolg. Die Wasserfallkarte hier ...« Er zerknüllte sie und warf sie seinem künftigen Schwiegervater an den Kopf. »... sagt auch nichts anderes aus, ihr albernen Schatzsucher. Abgesehen davon, geht es euch doch in diesem Fall einzig und allein ums Geld – und weniger darum, den Mörder zu finden. Wir haben jetzt schon Spätnachmittag, und etliche Schäden im Gemeindezentrum sind immer noch nicht beseitigt. Ich bin zeitlich extrem im Verzug, kapiert ihr das endlich?«

Sein Gesicht hatte mittlerweile eine ungesunde Rötung angenommen.

»Hubertus, wo du doch immer so auf Familie, Werte und Ordnung machst, dann hilf mir jetzt um Gottes willen, wenn du überhaupt willst, dass diese Scheißhochzeit stattfindet! Verdammt!«

Er schlug mit der rechten Hand auf die Motorhaube.

Hubertus nickte schweigend.

Nicht einmal Klaus, für den es allmählich Zeit wurde, wieder in die Redaktion zu kommen, wagte es, noch etwas zu sagen.

Das letzte Wort gehörte daher Didi, der bei der Einfahrt auf den Parkplatz vor dem Gemeindezentrum in Villingen meinte: »Ach ja, solltet ihr heute einen Junggesellenabschied geplant haben – vergesst es. Ich muss bis in die Morgenstunden arbeiten!«

Hubertus war erleichtert. Einen Junggesellenabschied zu planen hatten er und Klaus vor lauter Geldsuche ohnehin vergessen.

20. DER SCHÖNSTE TAG

Hubertus wusste weder, wie viel Uhr es war, noch, wie lange er geschlafen hatte. Er wusste nur eines: Dies war eine der unentspanntesten Nächte seines Lebens gewesen – und das, obwohl er am Vorabend keinen Schluck Alkohol getrunken hatte.

Er wälzte sich in seinem Bett hin und her und warf einen neidvollen Blick auf seine Frau Elke, die tief und ruhig neben ihm schlummerte. Vielleicht wirkte dieser ganze Yogakram doch – zumindest bei Frauen ...

Durch das Fenster schienen die ersten zaghaften Sonnenstrahlen. Der Morgen kündigte sich an – der Morgen, an dem sein einziges Kind heiraten würde. Hubertus erfasste eine Mischung aus Müdigkeit und Wehmut. Er erinnerte sich an seine eigene Hochzeit. Elke und er waren in diesen Jahren politisch sehr aktiv gewesen, hatten in der Anfangsphase ihrer Beziehung sogar einmal ein US-Militärlager während des Zweiten Golfkrieges blockiert. Auch rund um Freiburg, wo sie damals studiert hatten, gab es politisch, sozial und ökologisch genug zu tun: von Demos gegen Ausländerfeindlichkeit bis zur Unterstützung für US-Deserteure.

Von einigen Gesinnungsgenossen waren sie beschimpft worden, dass sie mit ihrer Hochzeit »die bürgerlich-repressive Einrichtung der Ehe« sanktionierten. Dennoch hatten sie beschlossen zu heiraten.

Einerseits, weil Hubertus im Grunde seines Herzens

eben schon damals ein wertkonservativer Schwarzwälder gewesen war, andererseits, weil es Elkes roman-
tischer Seele entsprach.

Statt einer Hochzeitsreise hatten sie eine Fahrt im
alten VW-Bus nach Bayern gemacht. Nicht etwa zum
Chiemsee, in die Alpen oder ins Allgäu. Nein, nach
Wackersdorf in die Oberpfalz hatte der Weg sie geführt,
wo es galt, gegen die geplante atomare Wiederaufberei-
tungsanlage zu demonstrieren.

Mittlerweile hatte Hubertus' politisches Engagement
merklich nachgelassen, aber so war es bei vielen Alters-
genossen. Und einige von denen, die früher am lautesten
gewesen waren, hatten heute ihren Frieden mit dem Sys-
tem und vor allem dem Geld gemacht, das sie teilweise
sogar als Beamte vom Staat bekamen.

Was Martina und Didi die Zukunft wohl bringen
würde?

Und Maximilian?

Hauptsache, sie bleiben in unserer Nähe, dachte Hubertus nicht ganz uneigennützig. Und insofern machte
er auch gedanklich wieder einmal seinen Frieden mit
Didi als Schwiegersohn. Als echter Villinger wollte er
unbedingt hierbleiben und war somit ein Garant dafür,
dass die junge Familie den Schwarzwald nicht verlassen
würde.

Auch wenn Martina nach Hubertus' Ansicht noch zu
jung zum Heiraten war – es würde bestimmt alles gut
gehen.

Natürlich würde es das!

Maximilian, der diese Nacht unter Hubertus' Betreuung nur bis ein Uhr gebrüllt hatte und offenbar seitdem
schlief, würde ein ruhigeres Kind werden.

Er selbst würde an seiner Eifersucht und an seinem Gewicht arbeiten, und auch das vom Hagel beschädigte Haus ließ sich irgendwie reparieren.

Das Wichtigste ist doch, dass wir *eine* Familie sind, dachte er und betrachtete liebevoll den Rücken seiner Frau.

Seine Gedanken schweiften zu den Weissers.

Schlimm, wenn das Verhältnis zu den Kindern so zerrüttet war und die Familie so auseinanderbrach, dachte er, während die einzelnen Rätselstationen noch einmal in seinem Kopf herumgingen.

Warum waren sie gestern an den Triberger Wasserfällen nicht weitergekommen? Hatten sie die Reime auf dem Zettel an der Hexenlochmühle falsch interpretiert? Sie hätten sie sich abschreiben sollen.

Wann mochte Weisser die Reime aufgeschrieben haben?

Immerhin war der Zettel in der Zwischenzeit nicht abgerissen worden, obwohl sicher Hunderte Touristen an ihm vorbeigegangen waren.

Die Sonne war nun etwas höher geklettert, sodass es heller im Zimmer wurde. Hubertus musterte die beiden fünfundzwanzig Zentimeter langen Sprünge im Fensterglas, die der Hagel angerichtet hatte.

Der Hagel?

Der Hagel!

Auch wenn das Unwetter die Hexenlochmühle weniger getroffen hatte als den Raum Villingen-Schwenningen, war es völlig unwahrscheinlich, dass der draußen im Freien hängende Zettel nach dem Hagel gänzlich unversehrt geblieben war.

Das hieß: Der Zettel war erst nach dem Unwetter

angebracht worden. Das hieß aber auch: Er stammte nicht von Weisser!

»Eine falsche Spur«, murmelte Hubertus, sprang auf und eilte in sein Arbeitszimmer. Dort startete er den Computer, um die Nummer der Hexenlochmühle herauszubekommen.

Anschließend ging er in die Küche, um festzustellen, dass es zehn vor sieben war.

Inzwischen war auch Maximilian aufgewacht. Es war nicht zu überhören, dass er schon frühmorgens gut in Form war.

Martina brachte ihn wenige Minuten später nach unten und reichte ihn wortlos ihrem Vater.

Sie schien mit ihren Nerven bald am Ende zu sein.

Didi war nicht da.

Er schlief in seiner Wohnung in der Kanzleigasse – wenn er überhaupt schlief, denn wahrscheinlich hatte er die ganze Nacht noch Vorbereitungen treffen müssen.

Im Hause Hummel breitete sich zunächst Kaffeeduft und in den nächsten Minuten eine ungeheure Hektik aus, sodass Hubertus beim besten Willen nicht dazu kam, seinen Anruf in der Hexenlochmühle zu tätigen.

Um kurz vor neun klingelte das Telefon. Es war Klaus.

»Hör mal zu, Hubertus, die Nachricht mit den Wasserfällen war falsch. Der Zettel ...«

»... kann wegen des Hagels nicht mehrere Tage dort gehangen haben«, ergänzte Hubertus und überließ seinem Freund gerne die Aufgabe, in der Hexenlochmühle anzurufen.

Fünf Minuten später klingelte das Telefon wieder, Hubertus zog sich gerade die schwarzen Lackschuhe an.

»Wir hatten Tomaten auf den Augen«, schrie Klaus

in den Hörer, »hast du gestern in der Hexenlochmühle ein Plakat gesehen?«

»Wie?«

»Da muss es irgendwo ein Plakat gegeben haben, das darauf hinweist, dass die Hexenlochmühlen-Betreiber ihre Kuckucksuhren auf der Südwest Messe anbieten. Zusammen mit Kurt Weisser aus Stockburg.«

»Kurt Weisser?«

»Ja. Die Frau des Mühlenbesitzers hat gesagt, Weisser und ihr Mann seien befreundet gewesen. Und Weisser wäre eigentlich derzeit auf der Südwest Messe gewesen. Sie endet morgen – wie das Rätsel. Das heißt, wir müssen entweder auf die Südwest Messe oder ins gemeinsame Vorratslager. Übrigens befindet sich das Lager im Haus.«

»In Weissers Mühle?«, fragte Hubertus keuchend.

Telefonieren und gleichzeitig Schuhe binden war nichts für einen Mann seines Alters – oder genauer: seiner Statur. Sein Bauch war einfach im Weg. Außerdem hatte er in der Hektik einen Doppelknoten in den linken Schnürsenkel gemacht.

»Nein, im Haus in der Gerberstraße, das zum Verkauf steht«, antwortete Klaus hektisch. »Ich wette, in irgendeiner der Uhren dort befindet sich das Geld. Wir müssen sofort hin, Hubertus!«

Dieser ächzte erleichtert, denn er hatte den Schnürsenkel wieder entknotet. Seine Gedanken überschlugen sich: Der Mord, das Geld, die Hochzeit, die Tatsache, dass er nun möglicherweise doch noch auf die Südwest Messe kam, allerdings zum denkbar schlechtesten Zeitpunkt, gingen eine seltsame Melange in seinem Kopf ein.

Mit einem weiteren Schnaufen setzte er sich auf

das Tischchen neben der Garderobe, das unter seinem Gewicht knirschte. Dann schaute er auf die Uhr, auf seine Tochter im Hochzeitskleid, die den kleinen Maximilian auf dem Arm hatte und ihn betrachtete. Der Kleine machte gerade Pause und genoss die Schaukelbewegungen seiner Mutter.

» Wir machen das«, sprach Hubertus in den Hörer. » Aber erst nach der Trauung. Zumindest nach der standesamtlichen. In achtundvierzig Minuten heiratet meine einzige Tochter. Und wir beide werden pünktlich da sein. Du als Trauzeuge und ich als Brautvater.«

Riesle, der gerade ansetzen wollte, Hubertus zu erklären, dass das zeitlich schon irgendwie reichen würde, hörte am Tonfall seines Freundes, dass dieser heute ausnahmsweise mal ganz der verantwortungsvolle Familienvater war.

Und er hörte auch heraus: Riesle, wenn du alleine in das Haus gehst und nicht rechtzeitig zur Trauung kommst, ist es mit uns aus.

» Ja, ja«, murmelte Riesle. » Herr Trenkle, der Besitzer der Hexenlochmühle, ist von halb zehn bis etwa halb elf in dem Lager in der Gerberstraße. Wenn wir uns nach der Trauung beeilen, schaffen wir's noch.«

Das Wetter spielte mit.

Die Frühsommersonne spendete den etwa vierzig vor dem Rathaus versammelten Personen eine angenehme Wärme. Vielleicht war es eine kleine Entschädigung für die Unbilden, die in den Tagen zuvor durch den Hagel im Schwarzwald verursacht worden waren.

Hubertus hatte trotz des warmen Wetters kalte Hände.

Es lag wohl weniger am Schlafdefizit als an der Nervosität.

Den Fall hatte er in diesem Moment tatsächlich vergessen.

Er trat ins Rathaus und wartete mit den anderen vor der Tür des Standesamtes.

Auf die Frage: »Na, wie fühlt man sich als Brautvater?« hatte er in den vergangenen Minuten schon mindestens zehnmal geantwortet: »Wie soll man sich schon fühlen?«

Zu den unruhigsten Gästen gehörte Klaus Riesle.

Er schaute alle dreißig Sekunden auf seine Uhr und murmelte: »Hoffentlich ist er pünktlich.«

Zum Glück tat der Standesbeamte ihm diesen Gefallen.

Zwanzig Minuten dauerten Ansprache und Prozedere, dann durfte Martina erstmals mit »Martina Bäuerle« unterschreiben und Didi küssen, der sich nur dank des Adrenalins in seinem Körper wach hielt.

»Eine kleine Anekdote darf ich noch erzählen ...«, sagte der Standesbeamte, der sich offenbar gut vorbereitet hatte.

Riesle wurde zunehmend nervöser.

»Das können wir doch draußen machen«, warf er ein, und ein paar aus Didi Bäuerles Verwandtschaft begannen empört zu tuscheln: »Wer isch des denn?«

Der Standesbeamte schaute etwas ratlos.

Als Riesle aber gewissermaßen die Versammlung auflöste und sich zur Tür begab, blieb ihm nichts anderes übrig, als mit einer Handbewegung den offiziellen Teil zu beenden und in den Vorraum zu bitten, wo einige Freundinnen von Martina zu einem Sektempfang luden.

Als Bernd Bieralf den Theaterregisseur Edelbert Burgbacher nach dem ersten Schluck fragte: »Wo ist eigentlich der Brautvater?«, war dieser gewissermaßen an der
Hand von Riesle schon in Richtung Wochenmarkt verschwunden.

Riesle berichtete noch einmal kurz vom Telefonat mit
der Betreiberin der Hexenlochmühle. »Ich habe nicht
den Eindruck, dass sie und ihr Mann in das Rätsel ein-
geweiht sind«, keuchte er und bog um die Ecke in die
Niedere Straße ein.

Es war genau zehn Uhr dreißig, als sie vor Weissers
Haus standen – ein schmales Gebäude mit rissigem
Außenputz und zwei Fensterreihen.

Das Gemäuer hatte sich im Laufe der Zeit etwas nach
innen gewölbt. Einige Scheiben waren geborsten. Hier
wohnte offenbar wirklich niemand mehr.

Hubertus stieß einen leisen Seufzer aus. Es war ein
Jammer, wie manche alten Villinger Häuser verfielen.
Auch das Nachbarhaus, das den Mengerts gehörte und
wie ein Zwilling des Weisser-Hauses wirkte, sah nicht
viel besser aus. Diese beiden Objekte wollte der Bauunternehmer also abreißen lassen.

Auch wenn sie in diesem Zustand keine Zier für das
Stadtbild waren: Hubertus hätte bedauert, wenn sie
durch eine nüchterne, moderne Wohnanlage ersetzt
worden wären. Immerhin strahlten die Häuser einen
gewissen morbiden Charme aus.

Er richtete den Blick auf das Biberschwanz-Ziegel-
dach, das eine schöne braun-rötliche Patina aufwies und
sich vor allem dadurch auszeichnete, dass es sich an
mehreren Stellen – ähnlich wie das Gemäuer – nach

165

innen wölbte. Dass die Dachstuhlkonstruktion nach dem Hagel, der auch hier ein paar Einschlaglöcher hinterlassen hatte, überhaupt noch standhielt, wunderte Hummel. Er selbst hatte sogar mal mit dem Gedanken gespielt, sein Einfamilienhaus in der Südstadt gegen ein ähnliches Altstadthaus einzutauschen.

»Schau mal, die Tür steht offen«, riss Riesle seinen Freund aus den Träumereien. »Also ist dieser Trenkle noch im Haus. Das Lager soll auf dem Dachboden sein.«

Sie betraten den dunklen, endlos scheinenden Gang. Das Haus mochte drei bis vier Meter breit sein. Die Länge schätzte Hubertus auf gut fünfzehn Meter. Vor allem deshalb mangelte es in den unteren Stockwerken an Licht.

Ob Elke mit ihm wohl in einem solchen Gemäuer wohnen wollen würde?

Er beeilte sich, um Klaus auf den Fersen zu bleiben, der eifrig Stockwerk für Stockwerk nach oben stieg.

Nach dem dritten Treppenaufgang verwarf Hummel bereits die Idee, in eines dieser Häuser zu ziehen.

Das Haus machte von innen einen fast noch heruntergekommeneren Eindruck als von außen: ein Haufen Schutt, altes, modriges Mobiliar, tote Mäuse sowie ein paar Tauben, die durch die durchschlagenen Fensterscheiben eingedrungen waren und auf den Fensterbänken frech herumgurrten.

Sie hörten ein Poltern, das von oben zu kommen schien.

Riesle war erleichtert. »Na also, der Trenkle ist dort oben. Dem nehmen wir jetzt möglichst unauffällig die Uhren ab, ja?«

166

Leichter gesagt als getan. Trenkle war offenbar nicht allein auf dem Dachboden, der jetzt nur noch einen Treppenaufgang entfernt sein mochte.

»Wieso musstest du den Alten auch umbringen? Es hätte gereicht, ihn einzuschüchtern«, hörten Hummel und Riesle eine Frauenstimme schimpfen, als sie die letzte Dachluke vor sich hatten.

Riesle drehte sich blitzartig zu seinem Freund um und führte den Zeigefinger zum Mund.

»Der alte Sturkopf wollte doch keine Vernunft annehmen. Er hatte überhaupt kein Verständnis für unsere finanzielle Lage. Da bin ich halt ausgerastet«, erwiderte eine Männerstimme.

»Hab ich's doch geahnt. Das ist nicht Trenkle«, flüsterte Riesle. »Die Tochter des alten Weisser und ihr Mann waren's. Die sind dort oben und suchen nach dem Geld. Die hatte ich von Anfang an im Verdacht!«

Hubertus nickte und meinte: »Lass uns schnell runtergehen und die Polizei rufen, bevor die uns bemerken.«

»Du hast einen Mord begangen! Und das Geld ist auch nicht hier«, krächzte die Frauenstimme. »Ich bin mit den Nerven am Ende!«

»Die kriegen mich nicht!«, rief der Mann. »Ich habe alle Spuren verwischt. Bis jetzt ist doch alles gut gegangen. Die kommen nie auf mich! Sieh zu, dass du nicht durchdrehst. Denk einfach an Amelie!«

Hummel wollte Klaus noch davon abbringen, nach oben zu gehen, doch sein Freund hatte bereits mit drei akrobatischen Sprüngen die hölzernen Stiegen zum Dachboden überwunden. Natürlich, er musste wieder mal den Helden spielen …

167

Hubertus hörte seinen Freund triumphierend sagen: »Aber *wir* sind auf Sie gekommen ...«

Doch dann geriet Riesle ins Stocken. »Nein, nicht doch. Sie? Sie waren das? Sie haben Weisser umgebracht?«

Hummel wurde panisch. Sein Freund stand Weissers Mörder alleine gegenüber. Er nahm die Stufen trotz seines Übergewichts fast genauso schnell wie Klaus eben – und erblickte den Mann, den sie vor dem Uhrenmuseum getroffen hatten.

»Herr Mengert? Ihnen hätte ich diese Tat wirklich nie zugetraut«, sagte Riesle.

Hummel bekam vor Erstaunen keinen Ton heraus.

»Wieso Sie?«, fragte Klaus.

»Wieso? Wieso?«, rief Mengert. »Was geht Sie das eigentlich an? Halten Sie sich doch raus. Obwohl, jetzt ist eh alles zu spät ...«

»Berthold, sag nichts. Sie haben nichts gegen dich in der Hand.«

Seine Frau lief auf Mengert zu, legte ihm die Hände auf die Schultern.

Tränen liefen ihr über die Wangen.

Sie wandte sich an Hummel und Riesle. »Warum müssen Sie sich da einmischen? Aus reiner Geldgier, oder?«

»Wir beide haben alles mitangehört«, sagte Riesle. »Das gerade eben war ein Geständnis. Sie haben keine Chance! Also noch mal: Warum musste Weisser sterben?«

Die beiden Mengerts schwiegen.

Nach einer längeren Pause redete Berthold Mengert schließlich doch.

»Weil wir dringend Geld brauchten. Unsere Tochter ist schwerstbehindert. Bei einem Reitunfall hat sie ein Schädel-Hirn-Trauma erlitten. Ihr Gehirn ist seitdem geschädigt – und auch das Rückenmark. Wir versuchen alles, um ihr zu helfen.«

Er schaute die beiden mit so durchdringendem Blick an, dass sie keinerlei Zweifel an seiner Schuld hatten.

»In Florida gibt es jetzt eine neue Therapieform, in die wir alle unsere Hoffnungen setzen«, fuhr Mengert fort. »Aber die ist teuer. Und wahrscheinlich müssen wir ohnehin unser Haus in Schwenningen behindertengerecht ausstatten, wenn nicht ein Wunder passiert. Das heißt: eine Hypothek auf das Haus. Und selbst dann brauchen wir noch mehr Geld.«

»Berthold, nicht!«, versuchte es die Frau noch einmal, doch Mengert war nicht mehr aufzuhalten.

»Dann kam dieses verlockende Angebot von Schmitz, diesem Bauunternehmer. Er hat uns viel Geld für unser Haus hier nebenan geboten. Doch Schmitz wollte den Deal nur machen, wenn auch Weisser sein Haus verkauft. Er hatte die Baupläne für Luxuswohnungen bereits in der Tasche.«

Mengert hielt kurz inne, holte ein kariertes Taschentuch aus der Hosentasche und wischte sich damit über Stirn und Wangen.

Riesle ärgerte sich, dass er das Ehepaar nicht über die Tochter ausgefragt hatte. Und aus dem umgebauten weißen Wagen hatte er ebenfalls die falschen Schlüssel gezogen.

Von wegen Pflegedienst.

Der Mörder setzte derweil sein Geständnis fort: »Dieser alte Kauz von Weisser wollte einfach nicht verkaufen. Um keinen Preis, hat er gesagt. Das Haus sei das Geburtshaus seiner Frau. Und: Wenn er es verkaufen würde, dann beschmutze er ihr Andenken. Ich habe ihn angefleht, er möge doch dem Verkauf zustimmen. Ich habe ihm gesagt, dass wir vor dem Bankrott stünden, dass wir das Geld für weitere Behandlungen meiner Tochter benötigten. Doch Weisser hat gar nicht hingehört, hat nur noch gesagt, wir als Schwenninger seien ohnehin keine richtigen Schwarzwälder. Und dann hat er in seine Geburtstagstorte gestiert. Da habe ich ihn am Hinterkopf gepackt und ihn so lange in die Torte gedrückt, bis er sich nicht mehr gerührt hat.«

Frau Mengert starrte ihren Mann entsetzt an und umarmte ihn dann. Mengert vergrub sein Gesicht in ihren Haaren.

»Ich wollte das nicht, das müssen Sie mir glauben. Ich wollte nicht zum Mörder werden. Aber wir waren so verzweifelt. Es war unsere letzte Chance, den Kopf aus der Schlinge zu ziehen. Und für unser Kind ...«

Riesle blieb einigermaßen ungerührt. Hummel be kam jedoch einen trockenen Hals. Er dachte an seinen Enkel.

Auch er wäre womöglich zu vielem fähig, sollte es um die Gesundheit des Kleinen gehen.

Aber würde er auch einen Mord begehen?

»Ich verstehe«, sagte Klaus. »Aber was machen Sie jetzt hier – im Haus des Mannes, den Sie eigenhändig getötet haben?«

Frau Mengert drehte sich zu Hummel und Riesle. »Wir lesen Ihre Zeitung, Herr Riesle. Sie haben nicht nur von dem Mord an Weisser geschrieben, sondern auch über das Rätsel, das Weisser seinen Kindern gestellt hat. Und wir haben von den dreihunderttausend Euro gelesen, die er irgendwo im Schwarzwald versteckt hat. Mein Mann hat dann auch den Artikel über die Ausstellung im Schwenninger Uhrenmuseum gesehen – und über die besondere Kuckucksuhr des alten Weisser. Er ist zur Hexenlochmühle gefahren und hat die Besitzerin nach Weisser befragt. Die hat ihm gesagt, dass ihr Mann normalerweise mit ihm auf der Südwest Messe gewesen wäre. Und dass er heute Morgen weitere Uhren hier vom Dachboden holen werde, weil sich bisher überdurchschnittlich viele verkauft hätten. Da hat mein Mann mich angerufen. Wir haben gleich begriffen, dass das Geld in einer der Uhren hier stecken musste. Aber der Mühlenbesitzer war leider schon weg – und das Geld steckt in keiner der Uhren hier …«

Frau Mengert schluchzte. Ihr Mann legte den Arm um ihre Schulter.

Riesle zog sein Handy hervor und wählte die Nummer von Hauptkommissar Müller. »Das werden Sie gleich alles noch einmal erzählen müssen, und zwar der Kripo«, sagte er, während er den Hörer ans Ohr presste.

»Mist!«, rief er dann.

»Was ist los, kein Empfang?«, fragte Hummel.

»Doch, aber wenn man den Müller mal braucht, kriegt man ihn nicht. Die Mailbox ist dran. Ich rufe im Präsidium an.«

Riesle bekam die Nummer über die Auskunft und verlangte bei der freundlichen Stimme der Vermittlungsdame den Hauptkommissar.

Doch es meldete sich ein ganz anderer, nämlich Winterhalter.

»Herr Riesle, Hauptkommissar Müller hät unbezahlte Urlaub g'nomme und de Fall abgebe«, erklärte er.

Das passte nun überhaupt nicht zu Müller, dachte Riesle. Der Kommissar, sein vielfacher Widersacher, wurde langsam alt.

»Kommen Sie bitte schnell, wir haben den Mörder von Weisser gefasst. Wir sind in der Gerberstraße ...«

21. BRAUTENTFÜHRUNG

Hubertus stemmte sich mit aller Gewalt gegen die schwere, gusseiserne Tür des Münsters Unserer Lieben Frau.

Mit jedem Zentimeter, den sich die Flügeltür öffnete, ging sein Puls schneller. Ein kurzer Blick auf die Armbanduhr: sieben nach elf. O nein!

Brautvater Hubertus und Klaus, der Trauzeuge, waren gerade im Begriff, zu spät zur kirchlichen Trauung zu kommen – zur Trauung von Hubertus' einziger Tochter. Und der Vater hatte es vermasselt, sie am Arm zum Altar führen zu dürfen.

Dieser gottverdammte Fall, schoss es Hubertus durch den Kopf. Und dann dachte er: Nicht fluchen, Hubertus. Nicht hier …

Ein flüchtiger Blick in Richtung Chorraum zeigte, dass Martina und Didi bereitstanden. Der Dekan hielt mit seiner eindringlichen Stimme gerade einen Vortrag über die Institution Ehe.

Zum Glück hatte das Münster links und rechts Säulengänge.

Hubertus wählte den rechten. Den nahm er immer, wenn er mal in die Kirche ging. Wann war er eigentlich das letzte Mal im Gottesdienst gewesen? Weihnachten?

Sie schlichen auf leisen Sohlen in Richtung Chorraum.

Es war, als würden sie sich hinter jeder der mächtigen

Säulen verschanzen, um dann mit raschen, aber leisen Tippelschritten den Schutz der nächsten zu suchen.

Die Kirche war wirklich gut gefüllt. Alte Weggefährten, junge, vergleichsweise adrett gekleidete Menschen aus dem Bekanntenkreis des Brautpaares und ein paar Lehrerkollegen hatten sich in den Bänken niedergelassen – natürlich waren Pergel-Bülows auch da.

Sie strahlten so, dass sich Hubertus' Festtagslaune fast wieder verflüchtigt hätte. Ihm selbst war es vielleicht erlaubt, so zu strahlen. Denen nicht.

Zwischendurch kam ein geflüstertes »Huby, warte mal« von hinten. Klaus nahm sich die Rückseite von Hubertus' Jackett vor, klopfte darauf herum. Der Brautvater war immer noch verstaubt vom Streifzug durch das alte Weisser-Haus.

Ganz vorne angelangt, rutschte Hubertus unauffällig in die Bank der ersten Reihe. Langsam wandte er den Kopf nach links. Auch das noch! Er war natürlich auf der falschen Seite gelandet. Elke saß auf der linken Seite …

»Hallo, Herr Hummel, wie schön, dass Sie auch noch kommen«, sagte Didis Mutter und schaute ihn empört an.

Die Köpfe der ersten Reihe schnellten in Richtung Hubertus.

Der spürte jetzt auch den strengen Blick des Dekans.

Es half nichts, hier war nicht sein Platz. Dieser war nun mal bei Elke, der Brautmutter! Er nahm sich zusammen, ging hinter Klaus her, der gerade Aufstellung neben Didi nahm, und hörte die Worte des Dekans: »Ah, der Brautvater und der Trauzeuge sind auch eingetroffen. Dann können wir jetzt wohl anfangen, wie?«

Gedämpftes Gelächter.

Elke sah ihn fragend an.

Hubertus wäre am liebsten in den Katakomben des Münsters versunken …

Eine halbe Stunde später hatte Hubertus seinen Fauxpas fast schon vergessen. Jetzt war er gerührt, betrachtete immer wieder den kleinen Maximilian, der auf dem Schoß von Hubertus' Vater saß, in seinem Taufkleidchen wie ein Barockengel aussah und erstaunlich friedlich war.

Hubertus' Rührung steigerte sich, als Martina und Didi Ringe tauschten. Seine Tochter würde in wenigen Wochen in die Hausmeisterwohnung ziehen, mit dem kleinen Maximilian.

Und bei ihnen in der Südstadt würde es ganz schön still werden. Für alle Fälle beschloss Hubertus, Martinas Zimmer unberührt zu lassen.

Als nach der Trauung der Dekan den Enkel taufte, kullerten auch Hubertus ein paar Tränen über die Wangen.

Er hielt Elkes Hand, die seine Verspätung zum Glück schon vergessen zu haben schien.

»Huby«, durchbrach eine bekannte Stimme die feierliche Atmosphäre. Hubertus drehte sich um. »Huby, wir müssen gleich nach der Taufe auf die Südwest Messe. Das Geld …«, flüsterte Klaus.

»Ja, aber jetzt taufen wir erst mal meinen Enkel. Das ist wichtiger als alles Geld der Welt!«

Als sie das Münster wieder verlassen und zahllose Hände geschüttelt hatten, als Didis Feuerwehrkollegen dem Brautpaar zu Ehren Blaulicht und Martinshorn präsentiert und Maximilian fast zu Tode erschreckt hatten, als Hubertus Martina, Elke, sogar Didi und mindestens fünfmal seinen Enkel umarmt hatte, waren seine Ohren wieder offener für seinen Kumpel Klaus, der unablässig zur Eile drängte.

»Wer kann uns nach Schwenningen fahren?«, fragte Riesle ungeduldig.

Hummel, der gerade von Didis Mutter das Du angeboten bekommen hatte, wusste auch keine Antwort. »Ich lass mir was einfallen«, sagte er und ließ sich vom Dekan beglückwünschen.

»Wir freuen uns so für euch, Hubertus«, ertönte eine Stimme von hinten, Pergel-Bülows waren es, natürlich. Sie in einem Kleid mit aufgestickten Sonnenblumen, er in einem Öko-Chic-Jackett, immer noch ein Pflaster auf der Nase.

Auch Klaus wurde von ihm überaus herzlich begrüßt.

Hubertus nutzte die Möglichkeit, sich zu entziehen, lief auf seine Tochter zu und küsste sie abermals. Sie stand Hand in Hand mit ihrem Ehemann da, die Gratulanten waren nun fast durch.

»Ich fahr dann gleich mal in unseren Gasthof nach Kirchdorf und bringe noch das Blumengesteck an«, sagte sie zu Didi. »Kommst du mit?«

»Nein«, mischte sich Hubertus ein, ehe der Bräutigam antworten konnte. »Klaus und ich kommen mit, Didi siehst du ja noch dein ganzes Leben.«

Sein Schwiegersohn schaute zwar irritiert, doch schon standen die nächsten Feuerwehr- und Narrozunft-Kollegen vor ihm, die sich einen Spruch für ihn ausgedacht hatten.

22. SÜDWEST MESSE

Fünf Minuten später saß die widerstrebende Braut mit ihrem Vater, ihrem Trauzeugen und ihrem Sohn in Hummels Wagen und steuerte diesen am Friedhof vorbei in Richtung Brigachtal.

Hubertus gestand ihr nach einigem Herumdrucksen: »Kleines, wir sollten noch einen winzigen Umweg machen ...«

Klaus verpackte es mit etwas mehr Humor: »Das ist die erste Brautentführung, bei der die Braut selbst am Steuer sitzt.«

Martina fand den Plan überhaupt nicht komisch. Auch Klaus' Vorschlag, sie könne ruhig noch etwas schneller fahren, kam bei ihr nicht gut an.

Sie passierten das Schwenninger Messegelände und fuhren dann weiter in Richtung des Eisstadions, der Heimstatt der Wild Wings.

Ganz in der Nähe des Stadions mussten sie auch parken, denn die sechstausend Parkplätze am Messegelände waren gefüllt – die letzten Tage der Südwest Messe zogen die Massen besonders an.

»Der Stand von Trenkle ist in der Halle des Handwerks, hat seine Frau gesagt«, keuchte Riesle.

Hummel, der den Enkel im Kinderwagen schob, sowie Martina, die gewisse Schwierigkeiten mit ihrem Brautkleid hatte, folgten mit einigem Abstand. Martina

177

war so fassungslos über das Jagdfieber ihrer Begleiter, dass sie gar nicht auf die Idee kam, einfach umzudrehen und die beiden stehen zu lassen. Mechanisch folgte sie ihnen, nahm dann aber sicherheitshalber Maximilians Wagen an sich.

»Eine Braut – Glückwunsch, Sie haben freien Eintritt«, sagte die Dame an der Kasse, die sich im Stillen fragte, ob auch sie die Südwest Messe als Ziel ihres Hochzeitsausfluges gewählt hätte.

»Mir nach!«, rief Hummel. Er verließ sich auf sein Gedächtnis und war sich deshalb ziemlich sicher, dass sich die Halle des Handwerks in Halle B befand.

Ein paar Sekunden waren sie vom bunten Treiben auf dem Gelände wie paralysiert. Überall gab es etwas zu schauen, buhlten Hinweisschilder, Stände, Musik und Werbegeschenke um Aufmerksamkeit.

Hubertus fasste sich als Erster und lief im Slalom um die Besucher herum. Martina gab nach wenigen Metern auf und blickte auf die große Uhr. Zwanzig nach zwölf.

Nun würden auch die letzten Hochzeitsgäste allmählich ins Gasthaus aufbrechen. Es reichte ihr allmählich, und sie zog die einzig mögliche Konsequenz …

Hummel, der zu diesem Zeitpunkt etwa hundert Meter von seiner Tochter entfernt war, musste sich eingestehen, dass er die Messeanordnung etwas anders in Erinnerung gehabt hatte. Vor ihm befanden sich nun das Fertighausgelände inklusive der Fertiggaragen-Ausstellung und in der Nähe ein Café. Weiter hinten gab es eine Spedition sowie die Kindermesse.

Hummel lief ein Stück in diese Richtung und blieb dann ratlos stehen.

»Verdammt, Hubertus«, fluchte Klaus. »Wir hätten

Bieralf mitnehmen sollen, der kennt sich hier aus wie in den eigenen Redaktionsräumen.«

Klaus Riesle fragte sich kurz entschlossen zu einem Infostand durch. Und schon wenig später standen sie in Halle T vor den Kuckucksuhren der Hexenlochmühle. Klaus ersparte sich weitere Bemerkungen über die Messekompetenz seines Freundes.

Hubertus erinnerte sich plötzlich wieder an seine Tochter und seinen Enkel. »Wo stecken eigentlich Maxi und Martina?«, fragte er.

»Wahrscheinlich im CMA-Kochstudio oder bei einer der Kinderbelustigungen«, entgegnete Klaus.

Hummel, der sich klarmachte, dass Martina in ihrem Brautkleid wohl kaum ein Handy deponiert haben würde, beschloss, die Sache hier möglichst schnell zu einem guten Ende zu bringen und gleich anschließend seine Tochter und seinen Enkel ausrufen zu lassen.

Neben dem Kuckucksuhrenstand fand gerade ein Schauschnitzen statt, sodass bei Trenkle nicht viel los war. Am Stand der Hexenlochmühle waren etwa dreißig Uhren zu sehen: alte und neuere, durchaus auch etwas wertvollere, handgeschnitzte, wie Hubertus erkannte, den die letzten Tage zu einem halben Experten gemacht hatten.

Ein Mann saß an einem Tisch und ging irgendwelche Unterlagen durch.

»Herr Trenkle?«, fragte Riesle.

Der Mann nickte. »Was kann ich für Sie tun?«

»Ihre Frau hat uns freundlicherweise verraten, dass Sie auf der Südwest Messe seien. Im Lager von Herrn Weisser in Villingen haben wir Sie leider nicht mehr angetroffen.«

179

»Ja, meine Frau hat mich kurz angerufen. Worum geht es denn? Entschuldigen Sie, dass ich nicht so viel Zeit habe. Ich bin gerade mit einer Art Inventur beschäftigt. Hier in der Halle soll letzte Nacht eingebrochen worden sein – oder zumindest gab es einen Versuch. Und da muss ich natürlich wissen …«

Riesle wurde hellhörig: »Ein Einbruch? Nur in dieser Halle oder auch an anderen Stellen auf dem Gelände?«

»Der Wach- und Kontrolldienst kann Ihnen sicher Genaueres sagen«, meinte Trenkle.

Der Journalist nahm sich vor, diesen zu befragen. Aber zunächst hatte er etwas anderes vor, und auch Hummel schielte bereits auf die Uhren. Vier, fünf von ihnen schienen groß genug, um darin Geld zu verstecken.

Riesle erklärte dem Standbesitzer, dass er eine Reportage über handgeschnitzte Kuckucksuhren schreiben und mit einem Artikel über den Verstorbenen kombinieren wolle.

»Welche sind denn die Uhren von Herrn Weisser?«, fragte er.

Trenkle deutete auf die vier größten. »Diese hier. War eine ganz schöne Mühe für ihn, die aufzuhängen.«

»Hat er das noch selbst gemacht?«

Trenkle nickte. »Da ließ er sonst niemanden ran. Seine Uhren waren ihm sehr wichtig.«

»Er hat die also eigenhändig am Tag vor Messebeginn installiert, also kurz bevor er ja tragischerweise …« Riesle ließ den Satz in der Luft hängen.

Trenkle nickte. »Ich stehe Ihnen in drei Minuten für Fragen zur Verfügung«, sagte er. »Schauen Sie sich bis dahin ruhig um«, ergänzte er und widmete sich den Unterlagen vor ihm auf dem Tisch.

Hubertus und Klaus begutachteten zunächst die beiden gut anderthalb Meter großen Uhren, an denen das Schild »Unverkäuflich!« hing.

»Stell dich mal hierhin«, sagte Riesle und schob seinen Freund unauffällig zwischen sich und Trenkle. So konnte der Standbesitzer nicht sehen, wie sich Riesle an der Uhr zu schaffen machte.

Er strich an ihr entlang, öffnete das Gehäuse und fuhr mit seiner Hand im Inneren herum.

Da war etwas!

Eindeutig!

Sollte sich hier das Geld verbergen? Der Lohn aller Mühen?

Seine Hände tasteten etwas Papierenes.

Den ersten Geldschein?

Einen Fünfhunderter? Mindestens.

Er zog die Hand aus der Uhr, während Hummel weiter versuchte, mit seinem voluminösen Körper Deckung zu bieten.

Riesle betrachtete seine Beute. Es war kein Geldschein, sondern ein Zettel. Schon wieder ein Hinweis? Schnell überflog er den Text:

Am Gelde hängt,
zum Gelde drängt
doch alles.
Trotz aller Gier
kennt jetzt doch ihr
mein' Schwarzwald.
Doch 's Geld isch weg,
's war nie versteckt,

181

's war eine Spende.
Für euer Prasse
Wollt ich's nit lasse,
's isch gut verschenkt!

Hummel, der froh war, nicht mehr als menschlicher Sichtschutz missbraucht zu werden, hatte mitgelesen.

»Er hat recht, Klaus«, meinte er nach einer Weile ernüchtert und war wieder ganz Pädagoge. »Das kommt davon, wenn man zu gierig ist.«

Das war's wohl mit dem Schwarzwaldhäuschen. Eigentlich hatte er schon die ganze Zeit Skrupel gehabt – glaubte er zumindest im Nachhinein behaupten zu können.

Riesle war reichlich enttäuscht. Auch er hatte sich ein Schwarzwaldhäuschen ausgemalt, das für ihn einen Schritt hin zu mehr Ruhe und Solidität bedeutet hätte.

»Scheiße!«, fluchte er so laut, dass Trenkle zu ihnen hinübersah. »Das gibt's doch nicht.«

»Sieh es positiv«, meinte Hubertus. »Geld ist wirklich nicht alles. Immerhin haben wir den Mörder überführt. Das zählt viel mehr. Ich lasse mal Martina und Maxi ausrufen.«

»Verlauf dich nicht«, sagte Riesle aggressiv, dem das Moralinsaure seines Freundes arg auf die Nerven ging.

In diesem Moment kam Trenkle zu ihnen herüber: »Bei mir wurde nichts gestohlen. Was hätten Sie denn für Fragen?«

Klaus setzte seine freundlichste Miene auf. »Keine mehr. Es hat sich schon alles geklärt. Herzlichen Dank und auf Wiedersehen«, sagte er und ließ einen verwunderten Mann zurück.

Er wollte immer noch nicht wahrhaben, dass das Geld weg war. Eilig lief er in Richtung Pressebüro.

Dort vermittelte man ihm ein Gespräch mit dem Leiter des Wach- und Kontrolldienstes, der sich an Tor 4 befand. Riesle musste noch einen ausgiebigen und unfreiwilligen Spaziergang über das Gelände machen.

»Wir haben alles unter Kontrolle«, versicherte der Wachmann wenig später.

Riesle sagte, er glaube das gerne, es gehe hier auch definitiv nicht darum, am Wachpersonal herumzukritteln. Er habe lediglich aus Halle T gehört, dass es einen Einbruchsversuch gegeben habe.

»Das stimmt«, erklärte der Wachmann. »Letzte Nacht gegen zwei Uhr kam die Polizei ans Tor 4. Ein Beamter zeigte seine Dienstmarke und sagte meinem Kollegen, er habe Hinweise darauf, dass in die Hallen S und T eingebrochen werden solle – oder dies bereits erfolgt sei. Er müsse sich dort einmal umschauen.«

»Und?«, drängte Riesle.

»Na ja, wir haben Order, niemanden allein in die Hallen zu lassen – auch keinen Polizisten. Also ist der Kollege gemeinsam mit dem Polizisten dorthin gelaufen.«

Riesle überlegte. »Passen Sie auf«, sagte er dann. »Ich werde darüber definitiv nichts schreiben. Trotzdem würde ich gern wissen: Hat Ihr Kollege die Polizeimarke gewissenhaft überprüft?«

Der Wachmann winkte ab. »Wir sind doch keine Anfänger. Auch wenn wir in den letzten Tagen durch den Hagel noch mehr als sonst zu tun hatten – natürlich war das ein echter Polizist.«

»Gut«, sagte Riesle.

183

»In keiner der beiden Hallen konnten wir etwas Verdächtiges finden. Die Händler in den Hallen S und T überprüfen noch, ob irgendetwas gestohlen wurde – es sieht aber nicht danach aus. Falschen Alarm gibt's halt immer wieder mal.«

Riesle nickte enttäuscht. Er bedankte sich und ging.

Dann fiel ihm ein, dass er allein und ohne Auto war. Nun musste er wohl Hubertus ausrufen lassen …

»Ist dieser Hubertus Ihr Sohn?«, fragte die Dame an der Information. »Wir lassen nur vermisste Kinder ausrufen.«

Riesle bejahte. Wenig später lief als Durchsage über die Lautsprecher: »Der kleine Hubertus wird von seinem Vater gesucht. Hubertus Hummel, dein Vater wartet an Eingang 2 auf dich.«

Als sie sich vor den Augen der sprachlosen Dame an der Information wiedersahen, war der »kleine Hubertus« nicht nur wegen der öffentlichen Blamage per Lautsprecher außer sich. Er befand sich auch in einem Zustand fortgeschrittener Panik, weil er Martina und seinen Enkel noch immer nicht gefunden hatte.

Eine Suche im Kinderland war ebenso wenig von Erfolg gekrönt wie ein verzweifelter Schnelldurchlauf durch die Hallen X, Y und Z.

Als Martina auch nicht am Parkplatz am Eisstadion wartete, waren sie immerhin schlauer: Der Wagen war weg …

Zum Glück traf das eilig bestellte Taxi schnell ein.

23. LUIGI

Als Hummel und Riesle im Kirchdorfer Landgasthof eintrafen, war die Hochzeitsgesellschaft bereits beim Hauptgang: Schweinelendchen mit Pilzrahmsoße, Pommes, Kroketten und Gemüse der Saison.

Der Alleinunterhalter Luigi, den Klaus für wenig Geld noch kurzfristig aufgetrieben hatte, trällerte gerade mit scheinbar schmerzverzerrter Miene ein »O Sole mio«. Dass er dabei nicht immer die richtigen Tasten auf seinem Keyboard traf, überspielte er mit aufmunternden Zwischenrufen wie: »Unde jetze alle mitsingenä.« Als Hubertus und Klaus eintrafen, rief er: »Unde da sinde ja de Brautpapa und de Trauzeuge. Applause bittäää!«

Doch niemand klatschte.

Stattdessen stürmte Elke auf Hubertus zu. Sie zerrte ihn hinaus auf den Korridor des alten Fachwerkhauses und führte mit ihm ein so ernstes Gespräch, dass er zwischenzeitlich befürchtete, sie werde sich wieder von ihm trennen.

Den Rest des Tages war Hubertus ein mustergültiger Braut- und Großvater. Er war aufmerksam, scherzte mit Leuten, die ihm eigentlich zuwider waren, und fuhr den Täufling jedes Mal im Kinderwagen spazieren, wenn der eine seiner Schreiphasen hatte.

Seine Festrede war erstaunlich kurz – darum hatte Elke ihn eindringlich gebeten.

Den Alkohol mied er strikt, seinen Freund Klaus weitgehend. »Das ist eben die Ironie des Schicksals«, war einer der wenigen Sätze, die Hummel mit Riesle in den nächsten Stunden wechselte. »Wir haben primär nach dem Geld gesucht, und was finden wir? Den Mörder, aber eben kein Geld. Das wird mir eine Lehre sein. Überhaupt werde ich mich künftig mehr um Elke, Martina und den Kleinen kümmern. Eben um Dinge abseits des Mammons.«

Das alles wollte Klaus überhaupt nicht hören.

Ohnehin sprach er im Gegensatz zu seinem Freund dem Alkohol durchaus zu. Sein neues Leben nach Kerstin, das mit Weissers Geld einen glorreichen Start hätte nehmen sollen, gestaltete sich nicht gerade vielversprechend.

Jetzt kam auch noch Hubertus und machte auf Familie, und sein Freund Bäuerle war nun ebenfalls unter der Haube.

Klaus fühlte sich von allen verlassen – außer vom Alkohol.

Nachdem er einiges konsumiert hatte, ergriff er das Wort zu einer spontanen Rede.

»Ich als Trauzeuge …«, rief er in den Saal, nachdem er so fest an ein Glas geklopft hatte, dass es zersprungen war. »Ich als Trauzeuge freu mich so für euch, Didi, Mardina, Huberdus und Elke.«

Letzterer warf er eine ungelenke Kusshand zu.

»Einen schönen Tag – und ich wünsch euch alles Gute.«

Hier schwankte Riesle, und Hubertus, der auf einmal ein ganz ungutes Gefühl hatte, klatschte, um seinen Freund zum Beenden der Rede zu nötigen.

»La... lass mich doch, Huberdus«, lallte Riesle weiter. »Du ... du bist im Grunde deines He... Herzens eben genauso ein Spießer wie ihr alle hier! Und deshalb versprech ich euch: Ich werde nie... niemals heiraten.«

Er setzte sich kurz und sprang dann doch wieder auf: »Niemals!«

Ermattet fiel er auf seinen Stuhl zurück und registrierte das peinliche Schweigen gar nicht mehr. Nur Edelbert Burgbacher, der einem Skandal nie abgeneigte Theaterregisseur, amüsierte sich köstlich. »Bravo, bravissimo«, rief er und applaudierte. Dann genehmigte er sich zufrieden einen großen Schluck Trollinger.

24. VIERUNDDREISSIG GRAD

Woanders wurde mit Getränken maßvoller umgegangen.

Der Mann, der an seinem Cuba Libre nippte, war – im Gegensatz zu Riesle – mit sich im Reinen.

Da gönnte man sogar diesen beiden Hobbydetektiven, dass sie den Mordfall gelöst hatten, dachte Hauptkommissar Müller. Und es war eindeutig nur *ein* Mordfall, denn Johannes Weisser war, entgegen anfänglicher Vermutungen, tatsächlich bei einem Unfall ums Leben gekommen. Seine Leiche war in der Brigach kurz vor Donaueschingen aufgefunden worden – bis dorthin hatte der reißende Fluss sie mitgenommen.

Von Mengerts Festnahme hatte der Kommissar noch kurz vor seiner Abreise von Winterhalter erfahren. An der Beerdigung des alten Weisser würde noch eine Person weniger teilnehmen.

Diese gierige Tochter und ihr Mann waren vermutlich längst wieder in Hamburg. Dass sie Mengert bedroht hatten, um ihn zum Verkauf seines Hauses zu nötigen, war zwar justiziabel, würde aber keine Folgen für sie haben.

Ein Strafverfahren würde er deshalb nicht mehr einleiten. Viel zu mühsam von hier aus, dachte Müller und blinzelte in die gleißende Sonne. Schließlich war das unangenehme Paar genug gestraft, indem es bei der Schatzsuche leer ausgegangen war.

Aus Weissers Wohnhaus in Stockburg würde nun ein Uhrenmuseum werden. Das Stadthaus in Villingen würde dem Testament zufolge dem Geschichts- und Heimatverein zugutekommen, auf keinen Fall aber zu Luxussanierungszwecken verkauft werden. Weisser hatte wirklich an alles gedacht.

Auch das würde der Weisser-Tochter und ihrem Mann zu schaffen machen: dass sie einen Mörder ganz umsonst bedroht hatten. Denn Mengert hatte natürlich von Anfang an vorgehabt, sein Haus an den Bauunternehmer zu verkaufen. Er hatte sein Zaudern nur vorgetäuscht.

Nur gut, dass der jüngere Sohn nichts von dem Geld sehen würde. Der könnte ohnehin nicht damit umgehen, dachte Müller. Genauso wenig wie die beiden Schnüffler Hummel und Riesle.

Der Hauptkommissar hatte sich in der letzten Nacht (Oder war es die vorletzte gewesen? Nach dem dreizehnstündigen Flug nach Mauritius hatte er sein sonst so feines Zeitgefühl verloren) mit seiner Polizeimarke Zutritt zur Halle T der Südwest Messe verschafft. Als der allzu aufmerksame Wachmann ihm auch dort nicht von der Seite gewichen war, hatte er sich theatralisch zu Boden gestürzt.

»Schnell, holen Sie Hilfe – ich bin Asthmatiker«, hatte er geröchelt.

Dann hatte er den Wachmann zu seinem Dienstwagen auf dem leeren Parkplatz geschickt, um sein Asthmaspray zu holen.

Der Wachmann hatte es komischerweise nicht gefunden.

Doch die sieben Minuten bis zu seiner Rückkehr hatten genügt …

In aller Eile hatte Müller in der Frühe seine Sachen gepackt, Urlaub eingereicht, seiner ohnehin potenziell scheidungswilligen Frau einen Zettel auf den Küchentisch gelegt und war zum Frankfurter Flughafen gefahren, von wo aus er mit Winterhalter telefoniert hatte.

»Sabbatjahr«, murmelte Kommissar Müller. Er würde sich in seinem durchaus gehobenen Hotel via Internet informieren, wie und ob das funktionieren könnte. Denn wenn er gar nicht mehr zurückkäme, würden sicher auch seine Rentenansprüche erlöschen.

»Am Gelde hängt, zum Gelde drängt doch alles«, zitierte Müller seinen eigenen Spruch vom Zettel.

Ewig würden die dreihunderttausend Euro wahrscheinlich auch nicht reichen. Aber jetzt schon zu knausern war auch nicht sinnvoll.

Er bestellte noch einen Cuba Libre und bezahlte mit einem Geldschein aus seiner Jeans, die er zum nackten Oberkörper trug. Der Großteil des Vermögens befand sich im Hoteltresor.

Eigenlob stinkt zwar, dachte Müller. Aber die beiden Reime waren gar nicht so schlecht. Ebenso wie seine falsche Spur, die die Schatzsucher an den Triberger Wasserfall geführt hatte. Er musste bei der Vorstellung schmunzeln, wie diese Geldgeier verzweifelt irgendein Schild untersucht hatten, dessen Bedeutung für den Fall gleich null war …

Zufrieden schlenderte er mit seinem Getränk durch den heißen Sand. Irgendwann würde er wieder in den Schwarzwald zurückkehren. Und dann würde er das Uhrenmuseum in Weissers Haus in Stockburg besuchen. Nicht nur, weil Müller sich für die Thematik interessierte. Nein, Weisser hatte das auch wirklich verdient.

Jede Seite
ein Verbrechen.

REVOLVER BLATT

Die kostenlose Zeitung für Krimiliebhaber. Erhältlich bei Ihrem Buchhändler.

Online unter www.revolverblatt-magazin.de

f www.facebook.de/revolverblatt